부부가   둘 다   놀고 있습니다

부부가　둘 다　놀고 있습니다

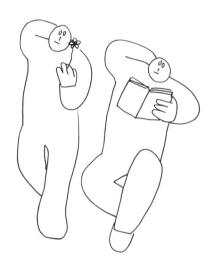

편
성
준　지
음

몽스북
mons

"좀 논다고 굶어 죽을까?"

우리의 모험은 이 질문에서 시작되었다.

20년 넘게 광고 회사 카피라이터로 일했다.

뒤늦게 출판 기획자인 아내를 만나 동거하다가 결혼했다.

나는 초혼, 아내는 재혼이었다.

아이는 없고 고양이 순자와 산다.

작은 한옥을 사서 고친 뒤 '성북동 소행성小幸星'이란 문패를 달았다.

툇마루에 앉아 텅 빈 마당과 하늘을 바라볼 때가 제일 행복하다.

아내는 요리를, 나는 설거지를 좋아한다.

친구들을 불러 밥해 먹이는 걸 좋아한다.

나는 길치, 아내는 장롱 면허라 둘 다 대중교통을 이용한다.

'결혼기념일 아침에 침대에서 눈뜨자마자 커플 사진 찍기' 행사를 8년째 이어오고 있다.

공원 벤치와 화장실을 사랑한다.

약간 겁은 나지만, 부부가 둘 다 놀고 있다.

Contents

1 ——————— 놀고 싶은 남자, 놀 줄 아는 여자

2 —————— 바보처럼 살아도 큰일 안 나요

3 ——————— 놀면서도 잘 살고 싶어서

4 ——————— 실수담이 많은 남자

5 —————— 여기는 성북동 소행성小幸星

6 ——————— 읽고 쓰고 놀고

놀면서도 잘 사는 게 꿈입니다

회사를 안 다니면 정말 굶게 될까. 대학 졸업 이후로 직장 생활을 계속해 왔던 아내와 나는 집에서 술을 마시며 곧잘 이런 농담을 주고받았다. 그러고는 "둘 다 반드시 돈을 벌어야 한다는 법은 없으니까 어쩌다 한 사람이 회사를 그만두게 되면 나머지 한 사람이 돈을 벌어 오면 되지"라는 속 편한 소리를 하고는 다시 술잔을 부딪쳤다. 그때는 회사를 그만둔다는 걸 상상하지 못해 그런 것이었다. 그런데 정말 그런 일이 생기고 말았다. 다니던 대형 출판사를 그만둔 뒤 직접 출판 기획을 준비 중인 아내는 아직 별다른 수입이 없었고, 부업 삼아 일주일에 사흘 정도 나가 일해 주던 출판사도 사정이 생겨 그만둔 상황이었다. 한편 나는 다니던 CM 프로덕션에서 자존감이 심하게 상하는 일을 겪은 다음 날 새벽, 이제는 정말 회사를 그만둘 때가 되었음을 직감했다. 매달 갚아야 하는 은행 빚과 생활비를 생각하면 그냥 참고 꾸역꾸역 다니는 게 옳겠지만, 아무리 생각해도 그건 내가 꿈꾸던 삶이나 가치관과는 거리가 멀었다. 그리고 이젠 광고 카피라이터로서의 경력을 접고 내가 쓰고 싶은 글을 쓰며 살고 싶은 마음도 간절했다. 넘어진 김에 쉬어 간다는 생각으로(사실은 일부러 넘어져서 더는 못 걷겠다고 자기 최면을 걸고) 나는 과감하게 사표를 던졌다. 뾰족한 대안은 없었지만 '어떻게든 되겠지' 하는 이상한 낙관주의를 마음에 심고 서울 한복판, 을지병원 사거리에 서서 눈이 부시게 푸르른 하늘을 쳐다보았다.

나의 무모한 결정을 태연히 받아주는 아내가 고마웠다. 내가 아무런 예고도 없이 일과 시간에 불쑥 전화를 해서는 "나, 아무래도 회사를 그만둬야겠어"라고 말했을 때 흔쾌히 "그래. 잘 생각했어. 결심하느라 애썼겠네"라고 해준 아내는 일요일에 카 셰어링 서비스에서 차를 빌려 회사에 있던 책과 짐을 모두 싣고 집으로 왔을 때도 진심으로 퇴직을 축하해 주었다. 그냥 말로만 축하해 준 게 아니라 한 달짜리 제주도 여행까지 선물해 주었다. 당시 제주도에 별장을 지어놓고 아직 입주하지 않은 지인이 하나 있었는데 아내가 그 친구에게 부탁을 해서 한 달간 나 혼자 글을 쓰며 지낼 수 있도록 해준 것이었다.

나는 그곳에서 새벽마다 일어나 혼자 산책을 하고 이 책의 초고를 비롯한 이런저런 글들을 썼다. 회사에 다닐 때는 도저히 할 수 없었던 인생에 대한 관조였고 내면과의 깊은 대화였다. 원고를 쓰는 것 외에 혼자 지내는 나의 일상을 소재로 일기를 쓰기도 했다. 남자 혼자 집에서 지내는데 무슨 쓸 이야기가 있을까 싶지만 그렇지가 않았다. 그날그날 읽은 책 이야기나 카페나 슈퍼에 갔던 사연만으로도 하루의 이야기는 차고 넘쳤다. 이를테면 이런 식이었다.

"카페를 나와 어제 갔던 동네 슈퍼에 다시 들렀다. 밤에 혼자 소주라도 마시고 싶어지면 속수무책이라 미리 한 병 사놓으려는 속셈에서였다. 한라산 소주를 한 병 집어 들고 매대에 쌓여 있는 참치 캔을 고르다가 무심코 하나를 떨어뜨렸는데 공교롭게도 밑에 달걀판이 있었다. 참치 캔이 달걀을 두 개나 깼다. 나는 아저씨에게 달걀을 깨서 죄송하다고 사과를 하며 수돗가에 가서 달걀이 묻은 참치 캔을 씻으며 멀쩡한 달걀 세 개만 달라고 했더니 아저씨가 '우주에 살았으면 안 깨졌을 텐데, 지구에 살아서……'라고 웃으며 농담을 했다. 중력 때문에 깨졌다는 것이다. 두 번째 보는 사이인데 이 정도 농담을 하다니 꽤 붙임성이 좋은 사람이라는 생각을 했다. 앞으로 이분을 '중력 아저씨'라고 불러야겠다고 속으로 다짐했다."

독서 모임인 '독하다 토요일'에 참석차 서울로 올라왔던 주말 이틀을 빼고는 하루도 거르지 않고 일기를 썼다. 이 글들은 <아내 없이 제주에서 한달 살기>라는 제목으로 브런치에 연재를 했는데 다들 '제주'나 '한달 살기'에 대한 로망이 있어서 그랬는지 몰라도 제법 반응이 좋아서 결국 아내의 글과 함께 묶어 전자책으로 출간까지 하게 되었다.

둘 다 회사는 안 다니지만 우리는 제법 바빴다. 알고 지내던 홍보 회사 대표님의 의뢰로 전국의 '스마트 팜'을 돌아다니며 인터뷰를 하고 기사를 써서 책으로 만드는 프로젝트를 진행했다. 렌터카를 몰고 약 한 달간 남한의 농가를 구석구석 돌아다니며 '스마트 파머'들의 성공과 꿈을 취재하면서 우리는

21세기 대한민국의 다채로운 호텔과 모텔 문화를 경험(?)하는 즐거움을 누렸다. 덕분에 드라이브 인 모텔과 무인 모텔이 어떤 시스템으로 운영되는지 알게 되었으며, 요즘 모텔 이용자들은 침실 불을 끄면 유리창을 통해 안이 훤히 들여다보이는 욕실에서 샤워나 거품 목욕을 즐긴다는 사실도 알게 되었다.

한 달에 한 번씩 모여서 한국 소설을 읽는 독서 모임 '독하다 토요일'은 6개월마다 한 번씩 회원을 모집하는데 어느덧 시즌 4가 끝났고, 시간이 되는 토요일에 모여 맛있는 음식점을 찾아다니는 '토요식충단食忠團: 먹을 것에 충성하는 사람들의 모임이란 뜻이다'에서도 간헐적으로 활동을 했다. 나는 그동안의 카피라이터 경험을 살려 제주도에 있을 때 인터넷 포털에 연재를 시작한 <글은 짧게, 여운은 길게>라는 짧은 글쓰기 칼럼을 매주 쓰고 있었고(30회 분량으로 매주 쓰는 게 계약 조건이었다), '누구나 다 쓰는 영화 리뷰 말고 극장 칼럼을 한번 써보면 어떨까'라는 생각이 떠올라 어렸을 때 갔던 양지극장, 국제극장 등의 추억을 바탕으로 <내 영화로운 나날들>이라는 칼럼을 브런치에 연재하기 시작했다.

그 와중에 약간의 돈이 생겼는데 아내가 그 돈으로 평소 눈독 들였던 도시형 한옥을 계약하는 바람에 생각지도 못한 이사 준비를 해야 했다. 아내와 나는 '이번 한옥 공사는 한옥 전문 목수님과 함께하는 작업이므로 시작부터 끝까지 기록을 해두는 게 의미 있을 것'이라는 생각에 철거 단계부터 사진을 찍고 <도시형 한옥 수리하기>라는 제목으로 글을 연재하기 시작했다. 우리가 쓴 글은 인터넷 포털 메인 화면에 자주 올라 많은 사람의 관심을 받았다. 평일에도 부부가 나란히 현장에 들러 한옥 수리를 지켜보고 매일 글을 쓰는 우리를 보고 사람들이 물었다. "근데 뭐 하시는 분들이에요?" 그러면 우리는 이렇게 대답하는 수밖에 없었다. "둘 다 놀고 있습니다, 하하."

논다는 것은 쉰다는 것과는 다르다. 우리는 회사를 다니지 않을 뿐 아무것도 하지 않는 것은 아니다. 다만 그동안은 남들이 원하는 것들을 하고 살아왔으니 이제부터라도 스스로 원하는 것들을 하며 살아보려는 것이다. 그럼 돈은 어떻게 하느냐고? 얼마 전에 만났던 한 출판사 대표님은 무슨 얘기 끝에 우리가 "두 달 뒤엔 생활비가 모두 바닥난다"라며 웃는 걸 보고 깜짝 놀랐다고 한다. '저렇게 사는 사람들도 있구나' 했다는 것이다.

물론 우리도 떨린다. 돈도 절실히 필요하다. 하지만 돈은 늘 모자라게 되어 있다. 그리고 방법이 아주 없는 것도 아니다. 뭔가를 계속 기획하고 시도하면 새로운 기회는 늘 온다. 그리고 일정 부분을 포기하거나 방향 전환을 하는 것도 좋은 방법이다. 우리는 계속 미뤄왔던 일상의 행복들을 포기하지 않는 대신 비싼 가방이나 좋은 오디오, 고급 자동차 등 눈에 보이는 귀중품들을 소장 목록에서 지웠다. 그 대신 계속해서 재미있는 일을 만들고 찾아보자고 다짐했다. 이것은 '정신 승리'가 아니다. 다만 이렇게 살아도 된다는 것을 보여주고 싶을 뿐이다. 그리고 솔직히 말하면 이젠 알고 있다. 누구든 회사를 그만두어도 굶어 죽지 않는다는 것을. 스스로 느끼는 막연한 불안감을 걷어낼 수만 있다면 새로운 세상은 열린다.

1 ————————————————————

노는 것과 쉬는 것은 정말 다른 얘기다. 나는 20년 넘게
카피라이터로 일하면서 늘 놀기를 소망했다. 카피보다
재미있는 글을 쓰고 싶었고, 매일 출근하는 사무실보다는
술집이나 여행지에서 새로운 아이디어를 떠올리고 싶었다.
그러다가 노는 것에 대해 비슷한 생각을 하는 여자를
만났다. 혼자 놀 때보다 훨씬 즐겁고 재미있었다. 아내와
나는 놀고 싶다. 우리의 꿈은 앞으로도 '쉬지 않고' 노는
것이다.

놀고 싶은 남자,
놀 줄 아는 여자

내가 회사를 그만두는 이유

첫 차는 아반떼였다. 부모님과 함께 살면서 광고 대행사를 다니던 시절에 만기가 된 작은 적금을 찾아 그 차를 샀다. 이유는 '나만의 공간을 갖고 싶어서'였지만 차를 꾸미는 데에 도통 관심이 없고 카 오디오에도 시큰둥한 데다가 길눈도 엄청 어두운 나는 출퇴근 이외의 용도로 차를 쓰는 일이 드물었고, 술을 좋아하는 바람에 차는 늘 주차장에 혼자 서 있는 일이 많았다. 다른 사람들은 데이트를 하려면 차가 필수라고 하는데 나는 유독 술과 담배를 좋아하는 여자들만 좋아해서 그런지 도통 내 차에 여자를 태워본 기억이 없었다. 나만의 공간은커녕 아침에 일어나면 '가만, 내가 어젯밤에 차를 어디다 뒀더라'라고 기억을 떠올리기 바쁘기에 결국 2년 만에 차를 팔아버리고 다시 뚜벅이가 되었다.

광고 대행사를 그만두고 작은 크리에이티브 부티크에 다니던 시절, 차를 몹시 좋아해서 별명이 '차돌이'인 친구가 차를 바꾸면서 자신이 타던 차를 나에게 넘겼는데 차종은 랜드로버 프리랜더였다. 졸지에 남들이 타고 싶어 한다는 외제차를 갖게 된 것이다. 당시 내비게이션이 본격적으로 보급되던 시기였는데 내 차에 무슨 전자 장치가 숨어 있는 바람에 수신 방해를 심하게 받았다. 길치에 가까운 방향 감각을 타고난 나는 결정적일 때마다 내비게이션 작동이 멈추어서 길바닥에서 곤혹을 치르곤 했다. 차를 정비하는 것도 서툴러서 이전에 내 차를 타던 친구가 가끔 찾아와 혀를 끌끌 차며 정비소에 데려다주곤 했다. 결국 그 친구와 함께 운영하던 사무실을 접으며 차를 팔아버리고 나는 다시 대중교통을 이용하기 시작했다.

오랫동안 자동차 없이 지냈다. 뒤늦게 만난 아내도 대중교통을 주로 이용하고 또 걷는 걸 좋아하는 편이라 우리 집에 자가용 없는 게 큰 문제는 아니었다. 다만 운전을 전혀 하지 않는 건 좀 아쉽다고 말했다. 나는 운전을 쉰 지 십 년이 훨씬 넘었고 이전에도 남의 차는 거의 운전하지 않았으므로 렌터카를 덥석 빌려 운전하는 게 왠지 생소하고 겁이 났다. 그러다가 용기를 내어 시내 주행 연수를 나흘 정도 받아보았다. 생각보다 운전이 어렵지 않았고 예전에 운전하던 감각도 되살아났다. 자신감이 붙은 나는 아내가 없던 어느 주말, 카 셰어링 서비스를 이용해 소형차에 빨랫감을 싣고 아리랑씨네센터 맞은편에 있는 빨래방에 갔다. 평소엔 버스를 타고 가는 곳인데 빨래 가방이 너무 무거워서 '이럴 땐 정말 차가 있어야 하는데'라고 생각한 적이 많았기 때문이다. 카 셰어링 서비스를 이용하게 된 시기와 회사를 그만두게 된 시기가 우연히 겹쳤다.

나는 사회생활을 시작할 때부터 카피라이터로 일했고 지금까지 계속 광고 회사에만 다녔다. 작은 사무실도 운영해 보았고 프리랜서로도 일해 봤다. 광고는 어렵고 복잡한 이야기를 쉽고 흥미롭게 표현해서 소비자들에게 전달하는 게 관건인데 결과물을 보면 쉬워 보여도 막상 과정은 늘 어렵고 막막했다. 게다가 나는 성격상 일을 맡으면 거기서 벗어나지 못하고 하루 종일 매달려 노심초사하는 편이다. 당연히 다른 개인적인 일엔 소홀할 수밖에 없고 저녁에 초주검이 되어 귀가하면

날카로워진 신경을 다스리느라 혼자라도 술을 마시고 잠드는 생활의 연속이었다. 아내는 안주 없이는 술을 못 마시는 나의 음주 습관 때문에 자신의 몸무게도 십 킬로그램이나 늘었다고 투덜댔다. 역사학자 유발 하라리가 지적한 대로 자본주의는 '그만하면 충분히 벌었으니 이제 그만하라'라고 말하는 법이 없다. 업계는 늘 위기였고 다니는 회사마다 사정이 안 좋았다. 갑을 관계가 분명한 업계의 속성 때문에 불합리한 일도 많았다. 늘 새로운 아이디어를 찾아야 하는 스트레스, 촉박한 스케줄, 원래 의도대로 나오지 않는 결과물 등 괴로운 일이 많았지만 가장 큰 문제는 나 자신이었다. 점차 자존감을 잃어가고 있었다. 힘든 건 그동안의 공력이 있어 그런 대로 참을 만했지만 자존심을 상하게 하는 일들은 켜켜이 쌓여 그대로 마음속 상처가 되었다. 전혀 행복하지 않았고 이대로 계속 회사를 다니면 계속 불행할 것만 같았다.

그래서 어느 날 회사를 그만두겠다고 결심했다. 아내에게 제일 먼저 말했더니 "당신이 오죽했으면 이러겠어"라며 흔쾌히 동의해 주었다. 자신도 속으로는 무척 걱정이 되겠지만 나한테는 아무 걱정도 하지 말라고 했다. 마지막 출근을 하는 날 아침엔 나의 뒷모습이 유난히 가벼워 보인다고도 했다. 퇴직은 쉬운 일이 아니었다. 하지만 한쪽 문이 닫히면 다른 쪽 문이 열리는 법이라는 말을 믿어보기로 했다. '손에 쥔 공을 놓아야 더 큰 공을 잡을 수 있다'는 말도 떠올렸다. 어쩌면 퇴직은 비슷한 시기에 다시 시작하게 된 운전과도 닮았다는 생각을 했다.

퇴직을 선언한 뒤 어느 일요일, 카 셰어링 서비스에서 차를 빌려 논현동에 있는 회사로 가 개인 짐을 챙겨 오면서 '남이 운전하는 차만 타다가 내가 운전하는 게 이렇게 다르구나'라는 걸 새삼 느꼈다. 앞으로의 삶도 그럴 것이다. 새벽에 일어나 이 글을 쓰는 이 순간이 나는 즐겁고 뿌듯하다. 비록 작은 차라도 내가 운전하는 삶이 시작되는 것이니까. 아내를 태우고 자동차를 반납하러 가는 길에 내가 그동안 운전을 하지 않았던 이유에 대해 구구절절 변명을 늘어놓았다. "내가 운전이 워낙 미숙하다 보니 혹시 사고가 나서 혼자 죽으면 몰라도 같이 타고 가다가 당신까지 죽게 만들까 봐 무서워서⋯⋯." 그 소리를 듣던 아내는 "혼자 죽는 게 걱정이지 둘이 같이 죽는 건 아무 상관이 없다"고 말하며 호탕하게 웃었다. 죽는 얘기 하는 사람치고는 얼굴이 너무나 태연했다.

　나의 글들은 내가 회사를 그만두고 뭘 하며 놀았는지에 대한 기록임과 동시에 어떻게 취업을 하거나 사업을 벌이지 않고도 굶어 죽지 않을 수 있는지에 대한 이야기들이다. 물론 읽는 사람에 따라 다르겠지만 한 가지 분명한 건 회사나 직장을 그만둔다고 큰일이 나진 않는다는 것이다. 하나의 문이 닫히면 다른 문이 꼭 열리게 되어 있다고 믿는다.

공원의 불륜 커플들

나는 평생 결혼할 생각이 아예 없던 남자였고 아내는 다시 결혼할 생각이 없던 여자였다. 그런데도 둘이 결혼을 해서 잘 살고 있다. 어떻게 이런 일이 가능했던 걸까. 아마도 세상을 바라보는 시각이나 삶을 대하는 자세가 비슷했기 때문일 것이다.

뒤늦게 만나 연애를 하게 된 아내와 나는 살림을 합치고 결혼식을 올리던 4년여의 나날을 서울 성수동에 있는 아파트에서 살았다. 성수동에서 살면서 가장 좋았던 것은 출퇴근이나 외출을 하기 위해 전철을 타려면 반드시 뚝섬유원지공원을 가로질러야 한다는 점이었다. 뚝섬유원지역에서 내려 집까지 이어진 공원 길엔 새들이 노니는 푸르른 나무와 꽃들 그리고 깨끗한 보도블록이 기분 좋게 조성되어 있었고, 곳곳에 깨끗한 벤치와 쾌적한 화장실이 있었다. 특히 화장실은 나처럼 갑자기 대소변을 해결해야 하는 일이 잦은 인간에겐 정말 고마운 시설이었다. 우리는 벤치에 앉아 함께 웃다가도 갑자기 얼굴이 하얗게 변해서 서로의 가방이나 소지품을 맡기고 화장실로 뛰어가곤 했다. 그래서 우리는 똥오줌 걱정 없이 여유 있게 걸어 다닐 수 있고 아무것도 안 해도 뭐라 하는 사람이 없으며 그 누구의 소유도 아닌 평화로운 벤치들이 널려 있는 공원을 너무나 사랑했다.

사람들은 공원에 와서 산책도 하고 체조도 했다. 아침부터 모여 배드민턴을 치는 사람도 있었고 클라이밍 동호회 사람들이 모여 암벽 등반 연습을 하기도 했다. 어느 날은 뚝섬유원지 공원 안 인공 암벽에 오르는 사람들을 구경하다가 아는 얼굴을 만나기도 했다. 처음 이사를 왔을 때 우리 집에 와서 도배를 해주신 지물포의 여사장님이었다. 암벽 등반 장비를 갖추고 절벽을 오르는 사장님의 모습은 도배를 할 때나 가게를 지키고 있을 때와는 아주 딴판이었다. 새롭고도 멋있었다.

주말이나 휴일이면 많은 사람이 공원을 찾았다. 특히 젊은 이들이나 데이트족들이 와서 편의점에서 산 캔맥주를 마시거나 치킨을 배달시켜 먹었다. 밤이면 버스킹을 하는 뮤지션들도 있었고 마술 쇼를 하는 사람, 혼자서 색소폰 연습을 하는 사람도 있었다. 공원이라는 열린 공간은 숨 가쁘던 일상을 잠깐 멈추고 각자 자신의 숨겨진 모습을 바라보거나 보여주는 곳이었다.

우리는 햇볕 좋은 봄날이나 가을의 휴일이면 작은 그늘막과 돗자리를 들고 공원 잔디밭으로 나갔다. 가끔은 우리 집에 놀러 온 친구들과 함께 공원으로 나가 간단한 와인 파티를 열기도 했다. 사람들 구경하는 재미도 쏠쏠했다. 아내는 공원에 있는 커플들의 뒷모습만 봐도 부부인지 불륜인지 금방 알 수 있다고 했다. 손을 꼭 잡거나 서로의 손을 지나치게 다정히 어루만지며 가는 커플은 거의 다 불륜이라는 것이었다. 아내의 말을 듣고 다시 사람들을 쳐다보니 정말 그런 것도 같았다. 일단 부부는 나란히 서서 가는 경우가 드물었다. 남편이 앞서 걷고 아내는 2보 이상 떨어져 걷는 경우가 흔했다. 저 사람들도 처음엔 나란히 손을 잡고 걸었을 텐데. 그러다가 누군가가 "가족끼리 이러는 거 아니래" 하면서 잡았던 손을 슬그머니 놓았을 것이다.

그래서 우리는 둘이 공원을 걸을 때면 장난처럼 '불륜 커플 코스프레'를 하기도 했다. 내가 아내의 손을 잡아 끌거나 허리를 감싸 안으면 아내가 "어머, 왜 이러세요~?!"라고 외치는 식이었다. 불륜 커플 흉내를 내면서 생각했다. 왜 결혼을 하고 나면 두 남녀는 더 이상 서로를 애틋해하지 않는 걸까? 왜 부부끼리는 서로 애정 표현을 삼가고 "우리가 마지막으로 섹스를 한 게 언제였더라? 도통 기억이 나질 않아"라고 말하는 게 점잖은 언어 생활인 것처럼 되어버렸을까.

성북동으로 이사를 온 뒤 둘 다 소속 없이 '노는 사람'이 된 우리는 지금도 길을 갈 땐 여전히 손을 잡고 걸으며 실없는 농담을 쉴 새 없이 주고받는다. 많은 사람이 SNS에 올린 우리의 엉뚱하고 바보 같은 이야기들을 읽으면서 신기해한다. 둘 다 놀면 생활비는 어떻게 충당하느냐고 걱정도 해준다. 뭔가 든든한 뒷배가 있는 것은 아니냐고 묻는 사람도 있다. 그러나 우리라고 돈 걱정을 안 할 리가 없다. 어쩌다가 생긴 돈까지 한옥 수리하는 데 다 쏟아붓느라 돈 걱정은 오히려 전보다 더 커졌다. 그래서 우리는 닥치는 대로 일을 한다. 내가 광고 회사를 다닐 때에 비하면 글을 써서 버는 금액은 터무니없이 적다. 아내가 하는 기획들도 품만 들고 돈이 안 될 때가 더 많다. 하지만 적어도 이제는 하고 싶은 일을 하며 살기에 돈은 적게 벌더라도 보람이 있다. 우리는 많이 벌 생각보다는 많이 놀 생각을 하기에 지금도 '공원의 불륜 커플'처럼 깔깔거리며 살 수 있는 것이다. 생각해 보면 우리가 신사동 가로수길의 술집에서 처음 만났을 때도 '노는 방법'이 서로 비슷하다고 느꼈던 것 같다.

50만 원짜리 소주 이야기

살다 보면 별일이 다 있다지만 한 병에 오십만 원짜리 소주를 마시는 일도 생긴다. 프리랜스 카피라이터로 활동하고 있을 때의 일이다. 당시 나는 회사를 그만두고 프리랜스 카피라이터로 떠돌고 있었다. 어차피 결혼할 생각도 없고 부양해야 할 가족이 있는 것도 아니었으니 게으른 생활에 만족하면서 하고 싶은 일만 골라 설렁설렁 하던 시절이었다. 당연히 벌이가 시원치 않았고 원래도 높지 않던 광고계에서의 내 평판은 점점 더 낮아지고 있었다.

전 직장 동료의 소개로 만난 디자인 부티크에서 진행하던 생명보험회사의 인쇄물과 포스터 건이 거의 마무리되고 있을 즈음이었는데, 어느 날 부티크의 대표가 대뜸 "소주나 한잔하자"며 나를 불러냈다. '전에 같이 술을 마신 것도 아니고 일을 하는 도중 이렇게 이른 저녁에 만나 술을 마실 사이가 아닌데' 하면서도 나는 시간에 맞춰 약속 장소로 나갔다. 지금은 없어진 압구정동의 한 빈대떡집이었다. 나와 그 디자인 부티크 대표 그리고 나를 소개해 준 동료까지, 셋이 모여 술을 마셨다.

소주가 서너 잔 들어가자 그 대표는 별로 미안하지도 않은 표정으로 "정말 미안하지만 이번 프로젝트의 카피료를 오십만 원만 깎아줄 수 있겠느냐"고 물었다. 나는 어이가 없어서 그 대표의 얼굴을 물끄러미 쳐다보았다. 동시에 얼마나 사정이 어려우면 이렇게 따로 불러내서 그런 부탁을 할까 하는 생각도 들었다. 그래서 잠깐 생각해 보고는 흔쾌히 그러자고 했다. '그깟 오십만 원' 하면서. "사업하다 보면 어려운 일도 생기고 그러는 거 아니겠어요? 괜찮아요, 괜찮아. 자, 듭시다." 나의 긍정적인 반응 덕분이었는지 술자리는 금방 화기애애해졌다.

그런데 술을 마시며 생각해 보니 지금 내가 마시고 있는 소주가 바로 오십만 원짜리 소주 아닌가. '에라, 이 멍충아…….' 순식간에 스스로가 한심해졌다. 그러나 겉으로는 대범한 척 계속 술을 마셔야 했다. 이제 와서 안 되겠다고 할 수도 없지 않은가.

멍청하게 술을 마시며 건너편을 쳐다보니 술을 마시고 있는 다른 손님들 뒤 하얀 벽에 누가 화를 내는 듯한 그림을 그려놨길래 '재밌는데' 하고 속없이 휴대폰 사진도 한 방 찍었다.

생각보다 수월하게 카피료 삭감에 성공한 그 부티크 대표는 대단히 만족한 표정으로 소주 값을 내고 돌아갔고 나의 전 직장 동료도 일이 있다면서 금방 일어섰다. 졸지에 혼자가 된 나는 아까보다 좀 더 기분이 나빠졌고 술도 좀 모자란다는 사실을 깨달았다. 빈대떡집을 나와 한숨을 내쉬고 있던 나는 어디 가서 생맥주라도 한 잔 더 하고 집으로 들어가자고 결심했다. 역시 지금은 없어진 가로수길의 '아지트'라는 단골 바로 갔다. 그즈음 어울려 지내던 후배들과 자주 가는 바였는데, 알고 보니 예전에 대학생 때 우리 동아리 맞은편 방에 있던 친구가 자신의 여자 친구와 함께 운영하는 가게였다.

딱 500cc 한 잔만 마시기로 했기 때문에 테이블 하나를 다 차지하기도 그렇고 해서 카운터에 딸린 바에 앉아 생맥주를 주문했다. 친구의 여자 친구인 H 마담과 가볍게 인사를 나누고 생맥주도 한 잔 시켰는데 옆자리에 혼자 앉아서 앱솔루트를 마시고 있는 여자가 눈에 들어왔다. 눈이 마주치자 나에게 인사를 하는 그녀. 자세히 보니 안면이 있는 사람이었다. 그녀도 나도 그 가게의 단골 멤버였으니까. 아무 말도 없이 혼자 생맥주를 마시며 카운터 건너 주방 쪽에 걸린 사진만 바라보고 있기도 뻘쭘해서 그녀에게 말을 걸었다.

"저…… 그거, 한 잔만 마시면 안 돼요?"

"네. 그러세요."

선뜻 앱솔루트 한 잔을 따라주는 그녀. 나는 그녀에게 보드카를 한 잔 얻어 마시며 인사를 했다. 몇 번 스쳐 지나며 만난 적이 있으나 서로의 이름을 얘기한 건 그때가 처음이었다. 나는 몇 마디 대화를 주고받은 뒤 휴대폰에 그녀의 이름을 저장하고 내가 시킨 생맥주 한 잔과 그녀가 준 보드카 두 잔을 마시고 일어났다. 왜 벌써 일어나느냐는 질문에 오늘은 이미 전작이 있고 또 딱 한 잔만 더 하기로 했기 때문에 더 마시면 취해 실수할 거 같아서라고 고지식하게 대답을 했다.

2011년 4월 1일, 거짓말 같은 만우절이었다. 나중에 들어보니 그녀는 내가 그때 더 지분거리지 않고 깔끔하게 일어서는 모습이 보기 좋았다고 했다.

고노와다에 소주 한잔하실래요?

나에겐 이상한 징크스가 있었다. 멀쩡히 여자 친구가 있다가도 유독 생일이 돌아올 때쯤 되면 무슨 이유에서든 헤어지게 된다. 그래서 정작 생일엔 우울하게 혼자 보내거나 더 우울하게 안 친한 애들이랑 코가 삐뚤어지게 술을 마시게 된다. 그 날도 생일을 하루 앞둔 저녁이었다. 이번에도 꼼짝없이 여자 친구 없이 생일을 보내야 하는구나 생각하며 조신하게 몸과 마음을 관리하고 있었다. 생일인 다음 날 친구들과의 만남을 위해 신사동의 술집을 예약해 둔 상황이었기 때문이다. 특별히 할 일도 없고 해서 혼자 저녁에 세탁기에 넣었던 빨래를 꺼내 건조대에 널고 있는데 휴대폰 메신저가 울렸다. "이 시간에 누구야" 하고 공연히 신경질을 부리며 휴대폰을 열어봤더니 "고노와다에 소주 한잔하실래요?"라는, 거두절미 딱 한 줄의 메시지가 들어 있었다. 보낸 사람은 윤혜자. 아, 윤혜자. 그래, 윤혜자……. 얼마 전 아지트에서 만나 전화번호를 줬던 그 여자 윤혜자. 근데 고노와다가 뭐지? 윤혜자가 반갑기도 하고 고노와다가 뭔지 궁금하기도 했다.

"제가 지금 빨래를 널고 있는데요, 이거 다 널고 나갈게요."

참 멋대가리 없고 한심한 답장이었지만 달리 뭐라 대답해야 할지 떠오르지 않았다. 그래도 '고노와다가 뭐죠?'라고 안 쓴 게 어딘가. 이 여자가 왜 뜬금없이 나한테 술을 마시자고 하지? 정말로 짐작이 가지 않았다. 다만 나의 뇌 회백질 어딘가에서 '일단 그냥 나가라'라는 메시지를 일초에 수백 번씩 보내고 있음이 느껴졌다. 그래서 나갔다. 결과적으로 뇌의 명령을 따르길 잘했다. 나중에 그녀에게 들었던 바에 의하면 그때 내가 바로 답장을 보내지 않고 조금이라도 망설였더라면 그날 술자리는 없었을 뿐 아니라 평생 다시는 내게 연락을 하지 않을 작정이었다고 하니까.

이혼하느라 힘드셨겠어요

빨래를 널고 눈썹을 휘날리며 매봉역에 있는 일식집까지 무슨 정신으로 뛰어갔는지 모르겠다. 일식집에 도착해 보니 그녀가 웃으며 앉아 있었다. 지난번 보드카 얻어 마실 때부터 치면 한 달 보름 만의 만남이었다. 자리에 앉아 그녀가 추천하는 메뉴를 고르고(물론 고노와다도 포함해서) 내가 "사실 안 나오려다 고노와다가 뭔지 궁금해서 나왔다"고 너스레를 떨었더니 그녀가 웃었다. 고노와다는 해삼 내장을 뜻하는 일본말이라는 걸 가르쳐주면서.

많은 이야기를 나눴다. 후배를 통해 나를 처음 알게 된 이야기, 본인은 이혼을 하고 혼자 살고 있다는 이야기, 공통으로 알고 있는 주변 사람들에 대한 이야기……. 그녀가 나에 대해 처음 알게 된 것은 한 여자 후배를 통해서였다고 한다. 아는 오빠 중에 '음주일기'를 연재하는 사람이 있는데 그 글들이 꽤 재미있다는 말을 듣고 네이버 홈페이지에 들어가 '음주일기' 몇 편을 읽어보았다고 했다. 좀 신기하고 창피했다. 그때 내가 '음주일기'를 연재했던 것은 사실이다. 나는 친구들과의 술자리에서 벌어지는 재미있고 황당한 사연들이 그냥 흘러가 버리는 게 아까웠는데 마침 미니홈피 만드는 게 대유행이라 나도 거기에 무심코 쓰기 시작했고, 의외로 좋아하는 사람들이 생겨나서 연재까지 하게 되었다.

그런데 알고 보니 그 '음주일기'라는 게 알코올 중독자들이 쓰는 일종의 치료법 중 하나였던 것이다. 더 이상 술을 마시지 않기 위해 기록으로 남겨두는 음주일기. 그걸 몰랐던 나는 호기롭게도 싸이월드 미니홈피 전체의 제목을 아예 '편성준의 음주일기'라고 정했으니. 나중에 들은 얘기지만 초등학교 동창 하나는 우연히 인터넷에서 나의 홈페이지 제목을 보고 '어렸을 땐 제법 바르고 똑똑한 아이였던 것 같은데 어쩌다 저 지경이 되었나……'라고 생각했다고 한다. 나는 정말 술자리에서 일어난 재미있는 일들을 기록하고 싶어서 쓴 거였는데, 역시 세상은 내 생각과는 조금 어긋나게 마련인가 보다.

각설하고, 그녀는 그 '음주일기'들을 다 읽으면서 '아, 이 사람이 좀 이상하긴 해도 마음은 참 따뜻하구나'라는 생각을 하게 되었다고 한다. 그런데 마침 우연히 술집에서 한 번 만났고 어떤 사람인지 더 알고 싶어져서 두 번째 술자리 초대까지 했다는 것이다. 요컨대 사귀자는 프러포즈였다. 그러면서 자기는 한 번 이혼을 한 사람인데 그래도 괜찮겠느냐고 물었다. 나는 아무 상관없다고 했다. 사람이 살다 보면 별일이 다 있는데 이혼이 뭐 어떻단 말인가.

신기한 일이었다. 그때까지는 보통 누군가 이혼했다는 소리를 들으면 왜 이혼을 했을까 하는 것부터 궁금했다(아마 대부분 다 그러하리라). 그녀가 이혼을 했다는 얘기를 듣고 있는데 궁금한 마음보다 '아, 얼마나 힘들었을까!'라는 생각이 먼저 들었다. 측은지심. 이건 상대방이 불쌍해서 느끼는 감정이 아니다. 상대방과 내가 마음을 열고 서로의 처지를 이해해야만 가능한 감정이다. 거칠 것이 없었다. 우리는 마음을 열고 계속 이야기를 나누며 술잔을 기울였다. "혼자 있을 때 뭘 하고 노느

냐가 그 사람을 규정한다"는 말이 있는데 우리는 책을 좋아하고 뭔가 새로운 일을 기획하는 걸 좋아한다는 점에서 서로 비슷한 점이 많았다.

어느새 밤이 깊었다. 뭔가 결심이 섰음을 눈빛으로 교환한 우리는 서로의 손을 잡고 일어나 나의 집으로 향했다. 집으로 가기 전에 키스를 하는 게 어떠냐고 해서 술집에서 나와 골목길에서 첫 키스도 했다. 그날부터 우리는 사귀기 시작했다. 고노와다와 소주가 맺어준 인연이었다. 아니, 노는 방법이 비슷한 사람끼리 우연히 서로를 발견하고 끌어당겼다고나 할까.

일인용 침대

나랑 사귀기로 한 날 밤, 집에 와서 처음 내 침대를 본 그녀가 쓴웃음을 지으며 말했다.

"침대를 보니 진짜로 연애나 결혼할 생각이 없었네!"

당시 내가 쓰고 있던 침대는 이케아에서 파는 조립식 철제 싱글 침대였다. 개포동의 사층 상가 건물에서 강남역 반지하로 이사를 오면서 방이 좁아져 전에 쓰던 침대를 없앤 것까지는 좋았는데 막상 맨바닥에서 요를 깔고 잤더니 불편하기도 하거니와 뭔가 생활이 무너지는 느낌이 들었다. 그래서 다시 인터넷으로 주문한 것이 단출한 조립식 이케아 침대였다.

아내는 한 사람이 누워 자다가도 조금만 잘못하면 바닥으로 떨어져버리는 그 작은 침대를 보고 '설마 여기서 이 남자와 자고 간 여자는 없겠지' 하면서 당시 나의 순결(?) 상태를 유추했던 것 같다. 결과적으로 아내와 나는 살림을 합치기 전까지 그 침대에서 여러 날을 함께 잤다. 떨어지지 않으려면 밤새 껴안고 자는 수밖에 없었는데 그때는 그게 오히려 더 좋았으니까. 역시 사랑으로 못 할 일은 없다.

물론 요즘 우리는 잠자리에 누우면 잠깐 껴안았다가 곧바로 등을 돌리고 잔다. 자면서까지 사랑할 필요는 없다고, 요즘 나와 아내는 생각…… 아마 아내도 나와 같은 생각일 것이다.

너희들, 결혼식을 하지 그러니?

만나는 여자마다 나를 차버리고 다른 남자와 결혼을 하던 시절이 있었다. 진실로 사랑한 적도 있었고 좀 애매할 때도 있었지만 아무튼 그녀들에겐 연애는 나랑 하다가 결혼은 다른 사람과 한다는 공통점이 있었다. 하도 그러니까 나중엔 "혹시 주변에 결혼하고 싶어 안달 난 여자 있으면 나를 소개시켜 달라"는 자학적인 말을 농담이랍시고 하기도 했다. 누구든 나를 잠깐 만나면 다들 다른 이와 결혼을 하니까.

그러다 그녀를 만났다. 평소의 패턴대로라면 나와 좀 사귀다가 다른 이에게 가야 하는 게 순서이겠지만 그녀는 그럴 생각이 없는 것 같았다. 서로의 집을 오가며 데이트를 하던 우리는 그녀에게 일어난 어떤 작은 일을 계기로 살림을 합치기로 했다. 그녀가 살던 아파트를 정리해서 내가 사는 집으로 들어오는 형식이었다. 나는 본가에 전화를 해서 요즘 새로 사귄 여자 친구가 있는데 얼마 전부터 같이 살고 있다고 말해 버렸다. 생전 하지 않던 짓이라 놀라실 줄 알았는데 부모님 모두 의외로 담담하게 받아들이는 눈치였다. 아마 결혼을 안 한다고 하던 막내아들이 생각을 바꾼 것만으로도 다행이라고 생각하시는 것 같았다. 나는 둘 다 나이도 있고 하니 결혼식은 생략하고 그냥 살다가 나중에 조용히 혼인 신고만 하겠다고 내친 김에 말씀드렸다.

'아들의 갑작스런 동거에도 이렇다 저렇다 말씀이 없다니 우리 부모님 생각보다 쿨하신 분들이네' 하고 생각하고 있던 어느 날 어머니에게서 전화가 왔다. 긴히 할 얘기가 있으니 주말에 본가로 좀 오라는 것이었다. 나와 그녀를 맞이한 어머니는 형식적인 인사를 마친 뒤 다짜고짜 이렇게 말하셨다.

"너희들, 그러지 말고 결혼식을 하지 그러니?"

당신이 가장 애착을 가지고 있던 막내아들이, 어디에다 내놔도 뭐 하나 빠지는 게 없는 놈(당신이 모르셔서 그렇지 사실은 많이 빠집니다, 어머니)이 마흔 살이 넘도록 결혼을 못 해 빌

빌거리다 겨우 여자를 만났는데 결혼식을 안 한다니 어머니로서는 도저히 이해가 되지 않는 것 같았다. 어디 좋은 색시 있으면 중신 좀 서라고 만나는 사람마다 읍소하던 설움을 한 번에 해소하고 친구들에게 우리 아들 장가간다고 자랑도 좀 하고 싶으셨으리라. 어머니의 말씀이 끝나고 여자 친구의 눈빛을 보니 그녀도 나와 똑같은 생각을 하고 있는 것 같았다.

"네, 어머니. 그러죠 뭐. 저희 결혼식 올릴게요. 얼른 날을 잡아볼게요."

어머니는 우리의 시원스런 대답을 듣고 나서야 비로소 얼굴이 쫙 펴졌다. 그래서 생각지도 않던 결혼식을 하게 되었다.

그해엔 유난히 결혼하는 사람이 많았던지 결혼식장 예약이 쉽지 않아 다음 해 5월에나 겨우 날을 잡을 수 있었다. 그러나 어머니는 그 결혼식에 참석하지 못했다. 그해 12월 갑자기 쓰러져서 병원에 입원한 지 나흘 만에 돌아가셨기 때문이다.

주례 선생은 친구 네 명

"아이고, 지랄한다."

아내가 나와 결혼을 결심하고 나서 고향의 친구에게 그 소식을 알렸더니 친구 어머니가 듣고 처음 하신 말씀이란다. 딸과 친한 친구이니 아내가 한 번 결혼했다는 것도 아실 테고 늦은 나이에 다시 남자 만나 연애하고 결혼까지 한다는 소식을 들으니 일견 기쁘고 대견해서 하신다는 말씀이 대뜸 욕으로 튀어나온 것이다. 왜 인간은 화가 날 때뿐 아니라 즐거울 때도 이렇게 욕이 저절로 튀어나오는 걸까.

아무튼 누가 욕을 하든 칭찬을 하든 우리는 신경 쓰지 않고 계획대로 결혼식을 올리기로 했다. 당시 프리랜스 카피라이터 생활을 하고 있어서 비교적 비는 시간이 많았던 내가 결혼식

전체 일정을 짜고 시나리오도 쓰고 청첩장을 발송할 주소도 모았다. 아무리 간소하게 치른다 해도 하객들의 일정을 생각하면 토요일이나 일요일에 해야 하는데 서울 시내 결혼식장들은 6개월 후까지 예약이 꽉 차 있었다. 이렇게 많은 사람이 한 주도 빼놓지 않고 동시다발적으로 결혼식을 올린단 말이야? 놀라지 않을 수 없었다.

천신만고 끝에 식장을 예약한 아내가 결혼식에 대한 아이디어를 하나 냈는데 그게 바로 '합동 주례'였다. 친한 친구 몇 명에게 단체로 주례를 부탁해 보자는 얘기였다. 신선한 발상이었다. 합동 결혼식은 들어봤어도 합동 주례는 처음 들어보는 것 아닌가. 우리는 곧장 의기투합해서 친구들에게 연락을 했다. 우리가 어찌어찌해서 결혼식을 올리게 되었으니 부디 참석하는 건 물론이고 이번엔 너희들이 주례도 좀 서줘야겠다고.

친구들은 대부분 뭐 이런 황당한 부탁이 다 있느냐는 반응이었다. 자기들은 아직 주례를 설 정도로 나이를 먹지 않았고 그에 걸맞은 사회적 지위도 획득하지 못했다는 것이다. 더구나 주례 부탁을 받은 친구 중에는 오래전에 이혼을 하고 딸과 둘이 사는 엄마도 있었다. 난 바로 그런 점이 네가 주례로서 적

격인 이유라며 그녀를 설득했다. 결혼은 물론이고 이혼까지 먼저 해본 선배로서 결혼 생활을 시작하려는 친구에게 충고를 해주는 것, 생각만 해도 근사하지 않은가.

결국 우리의 작전은 성공해서 나의 친구 셋과 아내 친구 하나, 모두 네 명이 주례를 서주기로 약속했다. 이혼한 친구의 주례사는 내가 초고를 써주었는데, 나중에 결혼식에서 들어보니 자신의 이혼 얘기만 빼고 거의 그대로였다. 제일 충실하게 주례사를 준비해 온 친구는 아이를 넷이나 낳은 J였다. 나는 그의 주례사가 너무 마음에 든 나머지 친필 원고를 달라고 해서 지금도 잘 보관하고 있다.

호텔 수영장 풀사이드의 행복

신혼여행 가면 사람들은 무얼 할까. 우리는 일단 '가능하면 움직이지 말자'라는 데 의견 일치를 보았다. 신혼 여행지를 하와이로 정한 것은 멀리 떠나고 싶어서였지 하와이에 관심이 있어서가 아니었다. 게으른 사람들은 외국에 나가서도 게으르게 살아야 한다. 우리는 하와이에 있는 쉐라톤 와이키키호텔에서 일주일간 '아무것도 하지 않을 권리'를 누리기로 했다.

아침에 일어나면 인피니티 수영장 사이드에 놓여 있는 선베드 두 개를 잡아 타월을 깔고 우리 자리임을 표시한 다음(전망이 좋고 풀장 시설이 잘돼 있어서 그런지 의외로 선 베드 잡기 경쟁이 치열했다) 식당에 가서 조식을 먹는다. 빵이나 스크램블드에그 같은 음식을 기호에 따라 접시에 덜어 와서 먹으며 커피를 마시고 있으면 종업원들이 테이블마다 돌아다니며 커피를 리필해 준다. 여기 커피는 진하고 맛이 좋은데 커피 인심까지 후해서 정말 천국이 따로 없다는 생각이 들 정도였다. 아침을 다 먹고 나면 풀장 선 베드에 누워 빈둥거리는 게 남은 일과의 전부였다. 햇살은 따뜻하고 5월의 하와이 하늘은 푸르기 그지없었다.

"수영장에 누워서 책이나 읽다 오자."

쉬울 것 같으면서도 정말 실천하기 힘든 게 하루 종일 누워 빈둥거리며 책을 읽는 것이다. 업무 전화도 TV 뉴스도 없고 외판원이나 전도사의 초인종 소리도 없이 그냥 책을 즐길 기회가 바로 이때였다. 신혼여행을 떠나면서 우리가 챙겨 간 책은 네 권이었다. 한 권은 하와이에 이민을 가 살고 있는 아내의 친구 레이첼에게 선물로 줄 정유정의 [7년의 밤]. 속도감 있고 흥미진지하게 읽히는 스릴러 소설이다. 나중에 영화로도 만들어졌지만 원작의 속도감과 탄탄함을 구현하지 못해서 흥행에 참패했다. 그리고 내가 어렸을 때 동화책처럼 읽었던 셰익스피어의 [리어왕]. 내용이 하나도 기억나지 않아 가져왔는데 새로 읽어보니 이건 완전 막장 드라마였다. 늙은 왕이 딸들을 불러놓고 입에 발린 소리를 듣고 싶어 하다가 고지식한 막내딸의 솔직한 발언에 화를 내는 게 비극의 시작인데, 캐릭터들이 하나같이 평면적이고 플롯도 단순하다. 살짝 변장을 하면 혈육 간에도 못 알아보는 거나 유부녀 자매끼리 젊은 남자 하나 놓고 목숨 걸고 싸우다가 결국 쿠엔틴 타란티노 감독이 만든 영화처럼 남자까지 한꺼번에 다 죽는 설정은 한국의 임성한 작가가 썼다고 해도 믿을 지경이다. '내가 누구인지 말할 수 있는 자는 누구인가?'라는 문장만 따로 떼어 읽을 때는 매우 멋졌지만 막상 텍스트를 통독해 보니 그 느낌이 너무 다르다. 하긴 지금의 감성만으로 작품의 품격을 논하는 건 부당한 일일지도 모른다. 셰익스피어는 극작가이면서 동시에 당대의 흥행 극단을 운영하던 단장이기도 했으니까.

가네시로 가즈키의 [영화처럼]은 내가 워낙 좋아하는 소설인데 평소 소설을 즐겨 읽지 않는 아내를 위해 가져온 책이었다. 작가의 실제 어릴 적 이야기를 모티브로 쓴 연작 소설인데 진작부터 권해도 읽지 않고 버티던 아내가 신혼여행을 와서 비로소 이 작품을 읽더니 쉐라톤 와이키키호텔 선 베드 위에서 두 번이나 눈물을 떨구었다. 한 번은 슬퍼서, 또 한 번은 감동적이라서 울었다고 한다.

마지막으로 스콧 피츠제럴드의 [위대한 개츠비]. 이건 소설가 김영하의 번역본이라 진즉에 사놓고 읽으려다 아직 못 읽은 소설이었다. 소설 대신 리어나르도 디캐프리오와 캐리 멀리건이 나오는 영화를 먼저 보고 말았다. 예전에도 여러 판본으로 읽고 대학에서 원서로 읽었으니 뭐 새로운 내용이 있을까마는 그래도 이렇게 여행지에 와서 매일 밤 파티가 열리고 음악 소리가 들리는 바닷가 근처에서 읽으니 그 맛이 또 새로웠다. 새 번역이라 그런지 개츠비보다 데이지가 보여주는 정조가 더 쓸쓸하기도 하고, 또 반면에 전혀 몰랐던 유머러스한 문장들이 잘근잘근 씹히기도 하는 느낌이었다.

책을 반쯤 읽다가 부록으로 붙어 있는 피츠제럴드 연보를 슬쩍 들춰보니 그도 참 개츠비만큼이나 휘황찬란하게 살다 가신 분이었다. 파티광에 알코올 중독자로 살았고 거의 평생을 빚에 시달리느라 걸핏하면 레이먼드 챈들러처럼 할리우드로 끌려가 영화 시나리오 작업을 해야 했다(그 유명한 <바람과 함께 사라지다>에도 잠깐 손을 댔다). 그러다 결국 젊은 나이에 심장마비로……. 예술가들은 자기 인생을 캔버스 삼아 자신의 작품과 비슷한 그림을 거기에 한 번 더 그릴 때 비로소 멋스러움의 정점을 찍는 것 같았다.

사실 이 책은 한 번도 정독을 하지 못해서 가져온 것이었다. 영어영문학과를 다녔고 심지어 이 소설로 졸업 논문까지 썼는데 말이다. 지금 돌이켜보면 대학 다닐 때 너무나 게으르고 설렁설렁 살았던 것 같다. 따져볼수록 엉터리로 살아온 인생이었다. 아내는 어쩌다가 이런 놈과 결혼을 하게 되었을까 새삼 미안해졌다.

'Big Sunday'가 가고 있다

수영장 선 베드에서 책을 읽으며 빈둥거린 지 며칠이 지나자 부산 출신이지만 지금은 하와이에 살고 있는 아내의 친구 레이첼이 찾아와 한숨을 내쉬었다. 살다 살다 이렇게 게으른 커플은 처음 봤다는 것이다. 다른 여행객들은 자기가 만나고 싶어도 하도 바쁘게 돌아다니는 바람에 얼굴 한 번 보기가 힘든데 우리 커플은 전화를 걸어보면 언제나 호텔 수영장에 누워 있다고 대답을 하니 기가 막힌 모양이었다. "그게 뭐 어때서"라고 반문하는 우리에게 그녀는 밖에 나가 좀 돌아다니고 맛있는 것도 먹으라고 야단을 쳤다.

레이첼이 단골로 다니는 쌀국수집에 가서 쌀국수를 배가 터지게 먹었다. 레이첼이 친하게 지내는 중국집에 가서 기기

묘묘한 중국 음식과 함께 술을 마셨다. 레이첼이 자주 다닌다는 이탤리언 레스토랑에 가서 스파게티를 왕창 먹었다. 레이첼과 함께 테디 베어 박물관에 가서 각종 곰 인형들을 물릴 때까지 구경했다. 레이첼이 예약해 준 'Walking Tour'에도 참석해야 했다. 아침 일찍부터 관광객들 틈에 끼어 시가지를 돌아다녔다. 경찰관 생활을 하다 은퇴한 투어 가이드에게 하와이 역사에 대한 자세한 설명을 들었으나 주변의 소음과 부족한 영어 실력 때문에 대부분은 알아들을 수가 없었다. 레이첼의 차를 타고 진주만을 구석구석 탐방했다. 그녀가 전에 거기서 일한 적이 있어서 일반인이 들어갈 수 없는 곳까지 돌아볼 수 있었다. 오는 길에 무지개를 두 번이나 보았다.

레이첼이 예약해 준 보트를 타고 바다에 나갔다가 극심한 뱃멀미에 시달렸다. 나는 조그만 배를 타고 해안을 한 바퀴 휘익 돌면 끝인 줄 알았는데 보트가 갑자기 수평선을 향해 맹렬히 속력을 내는 게 아닌가. 멀미약을 미처 준비하지 못한 나는 울렁거리는 속을 부여잡고 괴로워하다가 그만 갑판 위에다 먹은 것을 다 토하고 말았다. 사람들이 소리를 질렀고 선원들은 번개처럼 얼음 양동이를 가져와 갑판에 물을 뿌리고 뻣뻣한

플라스틱 솔로 청소를 했다. 아마 자주 있는 일인 듯 능숙했다. 아내는 울상이 되어 지갑을 꺼내더니 손에 잡히는 대로 선원들에게 팁을 뿌리며 나를 쳐다봤다. '저런 남자와 남은 일생을 함께 보내야 하나' 하는 표정이었다.

아침에는 선 베드 위에 누워 환자처럼 안정을 취했지만 저녁이 되면 와이키키 주변의 식당을 돌아다니며 오코노미야키, 스시, 튀김, 우동, 생선구이, 나가사키 짬뽕, 랍스터 등 분에 넘치는 식사를 했다. 단 하루도 빼놓지 않고 매식을 하는 게 좀 양심에 걸리긴 했지만 그때마다 "우리가 또 언제 이렇게 비싼 음식을 지속적으로 먹어보겠느냐"며 애써 현실을 외면했다. 밤엔 호텔 앞 ABC Mart에서 마카다미아와 잭다니엘 등을 사다 먹고 마셨다. 컵라면도 먹었다. 신혼부부는 끊임없이 얘기를 나눴다. 앞으로 어떻게 살 것인지, 무엇을 하고 무엇을 하지 않으며 살 것인지에 대해. 우리는 진지했지만 사실은 다 쓸데없는 짓이었다. 서울로 돌아갈 날이 하루하루 다가올수록 가슴은 돌덩이를 얹은 것처럼 무거워졌다. 어쩔 수 없는 일이었다. 레이먼드 챈들러 식으로 얘기하자면 우리들의 '거대한 일요일'이 지나가고 있었다.

실력 있는 카피라이터가 놀고 있습니다

신혼여행을 다녀오고 나니 모든 게 막막해졌다. 일단 통장 잔고가 바닥이었다. 쉽게 말해 집안의 쌀독이 빈 것이었다. 당시 나는 프리랜스 카피라이터였는데 말이 프리랜서이지 모친상과 결혼식 등 큰일을 치르면서 사실상 일을 쉬고 있던 상태라 고정 수입이 끊어진 상황이었다. 아내도 인생의 과도기를 겪느라 그런지 신혼여행 후의 직장 생활이 순탄치 않았다. 짧지 않은 인생에 이런 일은 처음이었다. 고민 끝에 도움을 청하기로 하고 주례를 서줬던 친구 중 한 명에게 이메일을 보냈다. '굉장히 창피한 일이지만 어찌어찌하다 보니 생활비가 뚝 떨어졌다. 연말에 갚을 테니 돈을 좀 꿔 달라.' 그 친구는 깜짝 놀라서 주례를 섰던 다른 친구들에게도 연락을 했고 역시 놀란 친구들이 백만 원씩 돈을 보내왔다. 자신들이 평생 처음 주례를 서준 놈이 지금 생활비가 없어 헤매고 있다는 소식을 듣고 모두들 '묻지도 따지지도 않고' 돈을 보내준 것이었다. 지금도 그 고마움을 잊지 않고 있다.

그러다가 제주도에 잠깐 내려갈 일이 있었는데 거기서 내 일상을 바꿔놓을 사건과 사람을 만나게 되었다. 예전에 글쓰기 공부할 때 만났다는 아내의 후배 S 씨가 제주도에서 캠핑 사업을 하고 있었다. 제주 여행을 원하는 사람이 인터넷으로 캠핑 서비스를 신청하면 S 씨가 공항까지 마중을 나가서 여행자를 픽업한 뒤 적당한 곳에 데려와 텐트를 쳐주고 저녁에 바비큐 파티도 해주고 아침 일찍 텐트로 다시 와서 모닝커피까지 내려주는 '원스톱 캠핑 서비스'였다. 호텔 같은 데서 묵는 것보다 캠핑을 선호하는 사람들에겐 아주 그만인 아이템이 아닐 수 없었다. 그래서 그런지 직접 텐트를 들고 오지 못하지만 캠핑은 경험하고 싶은 가족은 물론이고 몸이 가벼운 미혼 여성팀의 신청이 특히 많다고 했다.

그런데 문제는 S 씨의 태도였다. 지나치게 노을을 좋아하는 것이었다. 물론 노을을 좋아하는 것 자체가 문제는 아닌데 사진도 잘 찍고 글도 잘 쓰는 S 씨가 자신의 사업 아이템을 광고할 생각은 안 하고 매일같이 똑같은 노을 사진만 찍어서 SNS에 올리는 게 문제였다. 우리는 별이 쏟아지는 한라산 밤하늘 아래 텐트를 치고 바비큐에 술을 마시며 진지하게 이야기했다. 제발 정신 차려라. 당신이 지금 노을 사진이나 올릴 때냐. SNS라는 좋은 미디어가 있는데 왜 사업에 활용할 생각을 못 하느냐. 당신의 사업을 자세히 설명하고 사람들에게 장점을 알려라. 우는 아이가 한 방울의 젖이라도 더 먹는 법이다……. 그런 얘기를 하다가 문득 정신이 번쩍 났다. 그렇게 얘기하는 너는 정작 왜 그러고 있는 건데?

생각해 보니 정말 그랬다. 돈도 다 떨어지고 일도 없어 심란하다는 놈이 SNS 담벼락을 보면 행복한 척하느라 여념이 없었다. 신혼 일상은 늘 술상으로 마무리되거나 여행 사진들로 뒤덮여 있기 일쑤였다. 어디를 훑어봐도 삶의 치열함이나 위기 의식은 없었다. S 씨에게는 그렇게 잘난 척을 해놓고 이래도 되는 건가. 그래, 이제 이런 가식 따위는 집어치우고 솔직하게 자신을 드러내는 이야기를 써서 올리자. 비행기를 타고 오면서 어떻게 얘기를 꺼낼지 대충 구상을 했고 서울에 올라와 월요일 아침이 되자 거실의 넓은 탁자에 앉아 글을 쓰기 시작했다.

밥을 많이 먹지만 카피는 잘 씁니다.
술을 많이 마시지만 카피는 잘 씁니다.
나이는 좀 있지만 카피는 잘 씁니다.

어깨를 웅크리고 고민을 하다 이렇게 세 줄을 쓰고 났더니 무엇에 홀린 듯이 나머지 글이 단숨에 써졌다. 실력 있는 카피라이터가 지금 놀고 있으니 일을 좀 달라는 청탁의 글이었다.

실력 있는 카피라이터가 놀고 있습니다

밥을 많이 먹지만 카피는 잘 씁니다.
술을 많이 마시지만 카피는 잘 씁니다.
나이는 좀 있지만 카피는 잘 씁니다.
카피라이터지만 홍보 영화 시나리오도 잘 씁니다.
카피라이터지만 CD Creative Director도 잘합니다.

카피라이터지만 비주얼 아이디어도 잘 냅니다.

강의도 잘하지만 카피를 더 잘 씁니다.

프레젠테이션도 잘하지만 카피를 더 잘 씁니다.

칼럼도 잘 쓰지만 카피를 더 잘 씁니다.

실력 있는 카피라이터가 놀고 있습니다.

실력 있는 카피라이터가 지금 일을 찾고 있습니다.

이름은 편성준.

1993년부터 여러 대행사를 다니며, 프리랜서를 하며

카피라이터로 살아왔습니다.

최근에 모친상, 결혼 등을 비롯한

여러 가지 일을 치르느라

생업인 광고 일을 좀 등한시했더니,

평소에 심각한 얘기 쓰기 싫어서

페북에선 늘 잘 지내는 척만 했더니,

언젠가부터

프리랜서 명함이 무색할 정도로

일감이 뚝 끊겼습니다.

그렇습니다.

이건 페친 여러분께 보내는

청탁서입니다.

주위 분들에게 괜찮은 카피라이터가

지금 놀고 있다고 전해 주십시오.

믿을 만한 사람이라고 전해 주십시오.

터무니없는 가격을 받고

일을 하진 않겠습니다.

대신 자존심 지키며 정정당당하게

열심히, 최선을 다해 일하겠습니다.

추천해 주신 분 창피하지 않도록

열심히 일하겠습니다.

혹시 실력 있는 카피라이터 찾는 분께

저를 추천해 주십시오.

그러면

그 은혜 당장 갚진 못하겠지만

고마운 마음에

술 석 잔이야 못 사겠습니까?

편성준 배상.

나는 이 글을 작성하자마자 SNS에 올렸다. 하루 만에 '좋아요'가 수백 건 쏟아졌고 '공유'도 많이 되었다. 그러나 정작 일은 한 건도 들어오지 않았다. 나는 실망하지 않고 일주일 후에 '실력 있는 카피라이터가 놀고 있습니다 2'라는 글을 또 올렸다. 지난주에 놀던 카피라이터가 아직도 놀고 있으니 어서 일을 달라는 내용이었다. 전화가 오기 시작했다. 글이 더 많이 공유되었다. 그리고 드디어 어떤 분의 소개로 '경쟁 PT Presentation'에 참여할 기회를 얻게 되었다. 청탁이 성공한 것이었다.

실력 있는 카피라이터가 놀고 있습니다 2

아내는 제가 설거지를 잘한다고 칭찬하지만
저는 카피라이팅에 훨씬 더 소질이 많습니다.
친구들은 제게 드라마 작가 한번 해보라고 하지만
저는 지금까지 카피라이터로 잘 살아왔습니다.
교수님들은 제 강의가 학생들에게 인기라고 하시지만
저는 소비자들에게 인기 있는 광고를 만드는 게 더 행복합니다.
카피라이터지만 홍보 영화 시나리오도 잘 씁니다.

카피라이터지만 CD Creative Director도 잘합니다.

카피라이터지만 비주얼 아이디어도 잘 냅니다.

강의도 열심히 하지만 카피를 더 열심히 씁니다.

프레젠테이션도 똑소리 나지만 카피가 더 똑소리 납니다.

칼럼도 곧잘 쓰지만 카피를 더 잘 씁니다.

지난주에 놀던 카피라이터, 아직도 놀고 있습니다.

실력 있는 카피라이터가 지금 일을 찾고 있습니다.

이름은 편성준.

1993년부터 MBC애드컴, TBWA/Korea 등 여러 대행사

를 다니거나

프리랜서를 하며 카피라이터로 살아왔습니다.

최근에 큰 조사 하나와 큰 경사 하나를 치르느라

생업인 광고 일을 좀 등한시했더니,

평소에 앓는 소리 하기 싫어서

페북에선 늘 잘 지내는 척만 했더니,

언젠가부터

프리랜서 명함이 무색할 정도로

일감이 뚝 끊겼습니다.

그렇습니다.

이건 지난주에 이어

페친 여러분께 다시 보내는

청탁서 2탄입니다.

일주일간 '좋아요'만 수백 번 쏟아지고

아직 일은 한 건도 안 쏟아졌습니다.

주위 분들에게 괜찮은 카피라이터가

지금 놀고 있다고 전해 주십시오.

믿을 만한 사람이라고 전해 주십시오.

터무니없는 가격을 받고

일을 하진 않겠습니다.

대신 자존심 지키며 정정당당하게

최선을 다해 일하겠습니다.

추천해 주신 분 창피하지 않도록

열심히 하겠습니다.

혹시 실력 있는 카피라이터 찾는 분께

저를 추천해 주십시오.

이 농담 같은 청탁서를

진담으로 받아들여주는 분이 계시다면

고마운 마음에

서울 어느 흐린 주점으로 모시고 가서

소주 한 잔이야 못 올리겠습니까?

편성준 배상.

나의 작은 성공은 거기서 끝이 아니었다. 비록 그 경쟁 PT 는 떨어졌지만 같이 작업을 하면서 내게 좋은 인상을 받았던 감독님이 자신의 회사 사장님에게 나를 기획실장으로 추천한 것이었다. 그렇게 나는 취직을 했고 CM 프로덕션 생활을 다시 시작할 수 있었다. 두 편의 짧은 글이 삶의 물줄기를 바꿔놓은 것이었다. 그리고 얼마 후 운영하고 있던 홈페이지 방명록을 통해 고맙다는 인사까지 받았다. 대전에 사는 카피라이터 지 망생인데 우연히 내 글을 읽고 자극을 받아 내가 쓴 글 형식을 변형한 자기소개서를 써서 광고 회사에 취직을 했다는 반가운 소식이었다. 언젠가 서울에 오면 소주 한잔하자고 했는데 결 국 만나지는 못했다.

그해 연말 모임에서 나에게 백만 원씩 돈을 돌려받은 주례 선생들은 "생각지도 못한 공돈이 생긴 기분"이라며 좋아했다.

나도 약속대로 돈을 갚을 수 있어서 다행이라 생각했다.

오빠, 우리 모텔 갈까…?

결혼 전부터 지금까지 길을 걷다가도 모텔 간판만 나타나면 아내가 내게 던지는 농담이다. 우리는 둘 다 혼자 살던 시절에 만났으므로 처음부터 다른 연인들처럼 모텔이나 호텔에 갈 필요가 없었다. 결혼 전에도 항상 서로의 집으로 가서 자면 되었고 나중엔 아예 살림을 합쳐 함께 살다가 결혼식을 올렸으니까. 아내는 그게 좀 아쉽다면서 툭하면 모텔에 가자는 농담을 한다. 그런 우리에게도 모텔의 추억이 꼭 세 번 있다.

첫 번째는 결혼한 다음 해 내 생일 때였다. 그땐 어떤 마음에서였는지 이번 생일엔 친구들을 죄다 불러 모아 밤새 술을 마셔보자는 생각을 했다. 그래서 신사동의 한 술집을 예약했고 저녁 일곱 시부터 술자리가 시작되었는데 생각보다 많은 친구가 모였다. 수십 명이 목소리를 모아 한꺼번에 건배를 외쳤고 그때마다 나는 친구들에게 고루 사랑받는 호스트로서의 뿌듯함을 감추지 않으며 술잔을 높이 들었다. 친구들도 다음 날이 휴일이라서 그런지 처음 만난 사이인데도 스스럼없이 어울리며 마음껏 술을 마시고 취했다. 술값이 좀 많이 나오겠지만 이미 취한 상태라 '뭐 살다 보면 이런 날도 있는 거지'라는 대범한 생각을 하게 되었다.

미친 듯이 술을 마시다 문득 눈을 떠보니 모텔 안이었다. 친구 Y가 너무 취한 나를 보고 신사동의 모텔 하나를 예약한 뒤 열쇠를 선물이라며 주고 간 것이었다. 생일 선물로 모텔 키를 받아본 건 그때가 처음이었다. 아내는 내 옆에 누워 간밤에 얼마나 대단한 일들이 있었는지 얘기해 주었다. 내 친구 중 어떤 여자분들은 술을 마시다 취해서 테이블 앞에서 울고불고했고, 어떤 남자분들은 서로 이유도 없이 주차장에 나가 싸우더니 또 곧 화해를 하고……. 나는 모텔에 누워 하하하 웃었다. 술이 안 깨서 둘 다 너무 힘이 들었다. 우리는 밖으로 나와 오랜 염원이던 모텔 투숙을 기념하는 의미로 간판 사진을 한 장 찍은 뒤 집으로 돌아왔다.

두 번째는 충북 옥천에 사는 아내의 고등학교 때 친구 J 씨에게 놀러 갔을 때였다. J 씨는 우리 결혼식에서 주례를 서준 네 명 중 유일한 아내의 친구였는데 옥천에서 남편, 두 아들과 섬유 미술 작업을 하며 살고 있었다. J 씨와 남편인 H 씨 그리고 우리 부부까지 네 명은 폐교를 개조한 J 씨의 작업실에서 밤늦게까지 즐겁게 대화를 나누며 술잔을 높이 들었다. 아침에 일어나 보니 J 씨 부부는 피아노 앞의 의자에 무릎을 베고 누워 도란도란 이야기를 나누고 있었고 아내는 이불 속에서 머리가 아프다고 했다. 테이블 위엔 소주는 물론이고 새로 딴 양주 한 병까지 깨끗하게 비워져 있었다. "공기가 좋아서 여기 오면 누구나 술을 많이 마시게 돼요"라고 H 씨가 말했다. 나도 한참을 누워 있다가 나와 겨우 밥을 먹고 H 씨가 운전하는 차를 타고 옥천역까지 갔다. 고맙다고 인사를 하고 역으로 들어가려는데 둘 다 너무 힘이 들고 멀미까지 나서 도저히 걸을 수가 없었다. 아내가 우리 그러지 말고 모텔에 들어가서 두 시간만 자고 나오자고 했다. 역 앞에는 모텔이 많았다. 그중 좀 깨끗해 보이는 모텔을 골라 들어가 '숏타임'을 끊었다. 방에 들어간 우리는 샤워도 하지 않고 그대로 쓰러져 두 시간을 달게 잤다. 겨우 기운을 차린 뒤 "모텔에 와서 또 잠만 자다 가네……"라고 쓴웃음을 지으며 옥천역으로 들어가 KTX를 타고 집으로 돌아왔다.

세 번째는 2018년 1월 24일 성균관대 앞 도어스에서 술을 마신 날이었다. 그날은 친구 M과 술 약속이 되어 있어서 논현동에서 둘이 막 술자리를 시작하는 참이었는데 Y 선생에게서 호출이 왔다. Y 선생이 부르면 무조건 가야 한다. 우리는 당장 술자리를 걷고 광화문에 있는 전집으로 달려갔다. Y 선생 말고도 또 한 분의 일행이 있었다. 우리는 맛있는 생선전에 막걸리를 마시다 성대 앞 도어스로 갔다. 여기는 Y 선생의 단골집이기도 하다. 아내도 뒤늦게 술자리에 합류해서 맥주와 양주를 마셨다. 아내 빼고는 다들 전작도 있고 해서 빠른 속도로 취해 갔다.

눈을 떠보니 또 허름한 모텔 방 안이었다. 어떻게 된 거냐고 물었더니 내가 어느 순간 맛이 가더니 잘 걷지도 못할 지경이 되었다는 것이다. 술집을 나올 때 다들 취해 있었는데 나는 특히 그 정도가 심해서 무릎이 계속 꺾인 모양이었다. 아내는 도저히 나를 데리고 버스 정거장 세 개 정도의 거리에 있는 집까지 갈 자신이 없어서 당장 눈에 띄는 삼만 원짜리 모텔로 들어왔다고 한다. 방은 몹시 좁았고 새하얀 침대와 베개는 지나치게 푹신해서 몸이 꺼지는 기분이었다. 안 좋은 자세로 잤더니 여기저기 얻어맞은 것처럼 몸이 아팠다. 아내가 "여보, 우리 신발은 어디 있지"라고 묻길래 방문을 열어보니 옹색한 현관에 아내와 내 신발이 어지럽게 놓여 있었다. 욕실을 열어보았으나 타일이나 욕조의 상태가 너무 정 떨어져서 도저히 샤워를 할 기분이 나지 않았다. 우리는 일회용 칫솔로 양치만 하고 서둘러 모텔을 나왔다. 1층에 있는 객실에서 나와 현관 옆에 있는 카운터에서 할머니에게 인사를 드리려고 했는데 아무도 없길래 그냥 나왔다. 우리가 성대 앞 싸구려 모텔에서 자게 될 줄은 몰랐다고 하며 헤어졌다. 나는 곧장 회사로 가고 아내는 필라테스 선생을 만나러 갔다.

물론 예전에도 이성과 함께 모텔에 간 적이 있다. 그러나 그건 아내와 만나기 전의 일이니까 숨기거나 비난을 받을 일도 아니다. 그런데 아내와는 모텔에 갈 때마다 건전하게 잠만

자고 나오니 답답한 일이 아닐 수 없다. 우리는 사귀기로 한 첫 날에도 모텔에 가지 못했다. 아내와 함께 나의 집으로 갔기 때문이다.

2

어렸을 때부터 경쟁심이 부족하고 욕심이 없던 나를
보고 어른들은 걱정을 많이 했다. 실제로 사회생활을
하면서도 '정무 감각'이 없어서 손해를 본다는 얘기도
들었다. 그러나 원래부터 그렇게 태어난 걸 어떡하겠는가.
다행히 인복은 좀 있는 편이라 인생이 망가질 정도의
큰일은 당하지 않았다. 그래서 지금도 가끔은 다른 이들이
에스컬레이터를 탈 때 괜히 계단을 이용하곤 한다. 좀
바보같이 살아도 큰일 안 난다는 걸 아니까.

바보처럼 살아도
큰일 안 나요

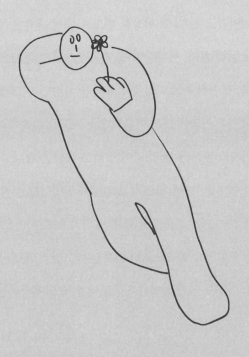

완벽한 계획이란 없다

이자람의 열혈 팬이다. 뮤지션 이자람은 한국 창작 판소리 계에서 이미 독보적인 존재지만 동시에 '아마도 이자람 밴드'의 리더이기도 하다. 이 이상한 밴드 이름의 탄생엔 독특한 이야기가 얽혀 있다. 이자람이 밴드를 결성하고 콘서트를 기획할 즈음, 프린지 페스티벌에서 공연을 하려면 밴드명이 있어야 한다며 지어놓은 밴드 이름이 있느냐고 묻길래 "글쎄요, 아마도 이자람 밴드가 될 것 같아요"라고 대답을 했더니 행사 포스터에 '아마도이자람밴드'라고 인쇄가 되었다는 것이다. 다소 어이가 없는 에피소드이긴 한데 결과적으로 '아마도'라는 뜬금없는 수식어가 붙음으로써 이자람 밴드만의 개성이 완성된 것이다. 이렇듯 어떤 일이든 처음부터 완벽한 계획이란 없다.

내가 20년 넘게 다니던 광고 회사를 그만두고 놀기 시작하니까 사람들은 '다 무슨 계획이 있겠지'라고 생각하다가 "글쎄요, 뭐 어떻게든 되겠죠"라고 속 편하게 지껄이는 모습을 보고는 혀를 찼다. 그런데 정말 나는 구체적인 계획이 없었다. 자유롭게 글을 쓰고 싶다는 생각이야 늘 하고 있었지만 언제까지 어떤 글을 쓰고 어떤 활동을 하겠다는 일정표 따위는 존재하지 않았다. 그런 면에서 '아마도 이자람 밴드' 못지않게 국내 최대 여성 의류 온라인 쇼핑몰 '스타일난다'를 만든 김소희 대표의 말 또한 나에게 큰 용기를 주었다. 사업 성공의 비결을 묻는 인터뷰어에게 그녀는 이렇게 말했다고 한다.

"제 힘이나 전략 때문에 거둔 성과가 아니니 성공이나 목표 같은 말은 자제해 주세요. 사업 계획서도 없었고, 매출 목표도 노하우도 정말로 없었습니다. '항상 즐겁게 하고 있다'라고 답하는 것이 비결의 전부입니다."

회사를 그만두고 제주도에 있는 아내의 지인 별장에 가서 혼자 한 달을 빈둥거리며 책을 읽고 글을 쓰던 나는 해가 바뀌자마자 생각지도 못했던 한옥 구입과 수리, 이사 등이 이어지는 바람에 다른 일은 아무것도 하지 못한 채 서너 달을 쏜살같이 흘려버렸다. 설상가상 세상은 코로나19로 인한 팬데믹으로 꽁꽁 얼어붙어버렸다. 애써 침착한 모습을 보이던 아내도 쌓여가는 불안감을 이기지 못할 때는 가끔 작은 폭발을 하는 경우가 있다. 문제는 역시 돈이다. 인간은 한순간도 돈 문제를 떠나서는 살 수가 없다. 한옥을 대대적으로 수리하고 이사를 오는 과정에서 은행 대출을 받고 친구들에게도 돈을 꾸어 당장 급한 불은 끈 셈이지만 빚이 만드는 더 큰 불안의 불씨는 여전히 발 밑에 남아 우리 두 사람의 발바닥을 미지근하게 데우고 있는 것이다.

여느 때처럼 나 혼자 일찍 일어나 뭔가 쓰느라 끙끙대던 어느 날 아침, 침실에 누워 스마트폰을 들여다보고 있던 아내가 갑자기 자리를 박차고 일어났다. 그녀는 쿵쾅거리고 다니며 마당 꽃밭에 물을 주고(해 뜨기 전에 내가 이미 다 줬는데도 불구하고) 주방의 쓰레기통을 뒤지고 접시들을 다시 정리하느라 분주했다. 금전적으로 골치 아픈 일을 앞두고 있을 때였다. 차라리 나한테 직접 짜증을 내면 좋겠는데 그러지도 않으니 더 안쓰러웠다. 견디다 못한 내가 얌체처럼 전철역 앞 스타벅스에 가 있을 테니 이따 오라고 말하고는 밖으로 나와버렸다. 비가 온다는 예보가 있더니 날이 찌뿌둥하고 하늘도 컴컴했다. 길 가는 사람들이 모두 마스크를 쓰고 있길래 나도 서둘러 주머니에서 마스크를 꺼내 썼다.

새로운 일을 시작하는 사람은 대부분 자기가 그동안 벌던 돈의 삼분의 일도 만들지 못한다고 들었다. 맞는 말이다. 그러나 거기서 벗어나지 못하면 그게 바로 돈의 노예다. 돈만 안정적으로 벌면 누구나 행복해질 수 있을까? 만약 돈으로 하고 싶은 걸 다 하며 살 수만 있다면 나는 기꺼이 돈의 노예가 될 용의가 있다. 그러나 그런 사람은 없다. 그렇다면 지금 당장 힘들더라도 견뎌야 하지 않겠는가. 성공이 별것인가. 슬기롭게 견디는 일에 성공하고 나면 우리는 새로운 삶을 얻게 되리라……. 스타벅스에 앉아 이런 생각을 하고 있는데 갑자기 한 동네에 사는 장준우 요리사가 반갑게 인사를 하며 스콘이 담긴 접시를 내밀었다. 가게로 들어서다가 내가 앉아 있는 것을 보고는 반가워서 얼른 내가 먹을 것까지 샀다는 것이다. 갑자기 나타난 천사 덕분에 쪼그라들던 마음이 펴졌다.

완벽한 계획이나 설계도는 없다. 진정한 성공을 만들어주는 건 완벽한 계획이 아니라 내 주변에 있는 사람들의 작은 응원과 호의라고 생각한다. 근심이 쌓여 발바닥이 뜨거워질 즈음엔 이렇게 도움을 주는 사람들이 꼭 나타난다.

면도

무기수 중에서 끝까지 살아남는 사람은 들어오자마자 구두를 닦는 사람이라고 한다. [죽음의 수용소에서]를 쓴 빅터 프랭클은 아우슈비츠에서도 깨진 유리 조각을 주워 매일 면도를 했다. 어려운 때일수록 마음을 닦고 부지런히 면도를 하자. 오늘 아침에도 거울을 보며 이렇게 중얼거리면서 혹시 안 깎이고 남은 수염이 있나 턱을 쓸어보았다. 원래 수염이 별로 안 나는 편이라 그런지 턱은 매끈하고 심심했다.

그게 제일 유리해서

"오빠는 왜 날 사랑해?"

아내는 가끔 내게 물었고

그때마다 나는 이렇게 대답했다.

"그게 제일 유리해서!"

그러면 아내는 기가 막혀서 웃는다.

그러나 그 기막힌 대답이

결국 정답임을 아내도 알고 나도 안다.

지금 내 옆에 있는 여자를

사랑하는 게 능력이다.

그러니 남자들이여,

미련을 버려라.

이제 다른 여자들이

당신에게 달려와서

인생이 허무하니

술을 사달라고 조르거나

취한 척 기대다가 쓰러지거나

알아서 옷을 벗는 일 따위는

지구가 혜성과 충돌하는 것만큼이나

어려운 일이 되었다.

당신 옆에 있는 여자를 사랑하라.

그것만이 가장 확실한 행복이다.

서재 결혼의 수식: 2-1=1

한 남자와 한 여자가 뒤늦게 만나

살림을 합쳤다.

각자의 애인이나 옛 추억이야

당연히 정리를 했지만

책꽂이에는 아직도

과거의 편린이 조금씩 남아 있었다.

두 권의 책을 한 권으로

만드는 것이야말로

한집에 사는 두 사람이

할 일이라 생각했다.

[토지]나 [태백산맥] 같은 대하소설들을

먼저 원하는 사람들에게 한 질씩 주었다.

그래도 한 질이 남으니까.

시시한 추리 소설이나

값싼 베스트셀러들은 그냥 버렸다.

그래도 책꽂이엔 이상하게

책이 많았다.

어느 날 저녁

거실 테이블에서 커피를 마시다가

각자 가지고 있던 시집들만 모아보았다.

장정일의 [햄버거에 대한 명상]

정호승의 [새벽편지]

최영미의 [서른, 잔치는 끝났다]

정호승의 [별들은 따뜻하다]

유하의 [바람 부는 날이면 압구정동에 가야 한다]

황지우의 [어느 날 나는 흐린 酒店에 앉아 있을 거다]

모두 두 권씩이었다.

어떤 이유에서건

당대에 화제가 되었거나

후대까지 스테디셀러로

사랑을 받았던 시집들.

너무 흔하고 트렌디해서

살짝 민망하기까지 했던,

그러나 전생에 나누어 가졌던

깨진 거울 조각처럼

이제 와서야 두 권이

제짝처럼 야하게 몸을 맞댄

그 시절의 공감대.

2-1=1

이 간단한 수식이

우리 삶으로 들어왔을 때

우리는

비로소

하나가 되었다.

2013년 9월의 어느 날이었다.

노력은 하고 있습니다

"애는 안 낳으세요?"

"그래도 애를 낳아야지요."

"인생에서 애 키우며 살 때가 제일 큰 행복인데."

요즘은 우리나라 사람들이 많이 세련돼져서 남의 사생활에 좀처럼 간섭을 안 하는 편이지만 이상하게 출산에 대해서만큼은 갑자기 오지랖이 넓어진다. 결혼했을 때는 물론이고 동거를 시작했을 때부터 우리 커플은 아이 안 낳느냐는 질문을 많이 받았다. 순전히 호의를 바탕으로 한 질문이다. 그런데 우리가 "아, 그게 저희가 너무 늦게 만나서요. 신랑 신부 나이도 있고……"라고 하면 당장 돌아오는 말이 그래도 애를 낳아야 한다는 대답이었다. 심지어 김용옥 교수 같은 분은 TV에 나와서 "난 제자들한테 결혼하면 애를 셋은 낳으라고 한다. 그게 애국하는 길이다"라는 말까지 한다. 그런데, 정말 그런가?

솔직히 애를 그리 좋아하지는 않지만 나도 애를 낳으면 행복하다는 것쯤은 안다. 나도 애를 보면 귀엽고 사랑스럽다. 하지만 그렇다고 무턱대고 애를 낳을 수는 없지 않은가. 나 좋자고 늙은 부부가 덥석 애를 낳으면 어쩌자는 말인가. 우리 부부는 술을 마시며 이렇게 한탄도 하고 울분도 터뜨렸다. 그러다가 어느 날 이렇게 한 번 말했더니 사람들이 더 이상 질문을 안하고 오히려 미안해한다는 사실을 알게 되었다.

"노력은 하고 있습니다."

열심히 노력해도 안 된다는데 누가 뭐랄 것인가. 그래, 하늘은 스스로 노력하는 자를 돕는 거야. 우리는 뭔가 공범이 된 느낌이 되어 서로를 쳐다보며 웃었다. 국가와 민족 앞에 죄를 짓는다는 느낌은 조금도 들지 않았다.

아직도 가슴이 뛰는 이유

코미디의 명가 워킹 타이틀에서 제작한 <러브 액츄얼리>라는 영화를 좋아한다. 개인적으로는 오랫동안 크리스마스 시즌 하면 떠오르던 영화 <다이 하드> 시리즈를 내 마음속에서 밀어낸 콘텐츠인데, 특히 자신의 친한 친구와 결혼한 키이라 나이틀리에게 찾아가 스케치북을 넘겨가며 프레젠테이션 하듯 사랑 고백을 하는 남자의 장면이 유명했다. 그런데 나중에 보니 인터넷에서 '러브 액츄얼리 무삭제판'이라는 제목의 파일이 돌아다니고 있었다. '이런 영화에 무슨 무삭제판이 있어' 하면서도 호기심에 다운로드해 보았더니 거기엔 우리나라 상영 당시 통째로 삭제된 포르노 배우 커플 이야기가 들어 있었다.

성인 영화 촬영 현장에서 만난 두 사람. 둘 다 직업이 포르노 배우이다 보니 첫 만남부터 나체일 수밖에 없었다. 촬영 현장에서 조명 체크를 하는 스태프 사이로 둘 다 벌거벗은 채 점잖게 인사를 하는 두 사람의 상황이 묘한 웃음을 자아내게 한다. 그런데 첫눈에 서로 호감을 느껴버린 두 사람이 촬영을 마친 뒤 가벼운 데이트를 하고 저녁에 집 앞까지 여자를 바래다주면서 마지막에 굿 나이트 키스를 하는 장면이 그렇게 풋풋할 수가 없었다. 어쩌면 그것은 우리 시대의 연애에 대한 사람들의 굴절된 욕망을 잘 뒤집어서 표현한 장면 아닐까 생각한다. 리처드 커티스 감독의 뛰어난 연출력 덕분에 더 공감이 가는 아이디어였다.

사람들의 생각은 비슷하다. 아무리 프리섹스와 인스턴트 사랑이 난무하는 세상이라 해도 결국 우리가 가장 바라는 것은 연애의 가능성을 탐지하는 순간의 희열, 또는 연애가 막 시작될 때의 그 짜릿한 환희 아닐까. 그래서 살아가는 동안 연애 감정은 중요하다. 특히 결혼하고 나서 아내와의 연애 감정은 더욱 그렇다.

뚱딴지같이 아내와 무슨 연애냐고 질겁을 하는 사람들도 있을 것이다. 그러나 생각해 보면 아내와의 연애만큼 유리한 선택은 없다. 결혼을 하고도 다른 사람을 사랑해서 번민하는 수많은 불행아를 보라. 나는 '가장 예쁜 여자는 처음 만난 여자'라고 외치는 카사노바들이 부럽지 않다. 그들은 그만큼 상상력과 관찰력이 부족한 것이다. 혹시 당신이 이혼남이나 이혼녀라면 한번 생각해 보라. 당신과 이혼한 그 사람이 다른 파트너와는 왜 그렇게 잘 살고 있는지.

　아내는 가끔 금요일 오후에 아무런 예고 없이 토요일 조조 영화 티켓을 두 장 산 뒤 스마트폰 메신저로 보내올 때가 있다. 마침 나도 보고 싶었던 영화인 경우가 대부분이라 반가워하지만 그보다 더 좋은 건 극장에 같이 가자고 하는 아내의 애틋한 마음이다. 극장에 간다는 건 영화를 본다는 것 이상의 의미다. 함께 걷거나 전철을 타고 극장까지 가서 깜깜한 상영관에 들어가 집중해서 영화에 푹 빠지는 게 첫 번째 즐거움이라면, 엔딩 크레디트가 올라간 뒤 의자에서 일어나면서 방금 봤던 영화에 대해 나누는 작은 귓속말들은 두 번째로 누리는 즐거움이다. 영화관에서 나와 자연스럽게 시내 음식점에 가서 늦은 점심을 먹는 데이트는 세 번째 즐거움이다. 둘은 부부지만 이런 순간만큼은 애인이 된다. 극장 티켓 두 장만으로도 이런 설렘을 만드는 것은 내가 어떤 사람인지 아내가 아는 까닭이고 내가 아직도 아내와 '연애'를 할 마음이 있기 때문이다.

인간은 그리 간단한 생물이 아니다. 보면 볼수록, 파면 팔수록 새로운 점이 나오는 화수분 같은 존재다. 그리고 좋은 관계란 그것들을 잘 찾아내고 소중히 가꾸는 사람들에게서 생겨나는 것이다. 다행히 아내는 아직도 나를 만나러 오는 길이면 가슴이 뛴다고 한다. 아직은 볼 때마다 내가 반가운 것이다. 나 또한 그렇다. 그런 면에서 우리는 확실히 행운아들이다.

아내와의 비밀 협약

아내가 발가락뼈가 부러져 깁스를 했을 때 페이스북에 깁스한 아내 사진과 함께 "평소 깁스한 여자와 한번 해보는 게 꿈이었는데, 드디어 기회가 왔다"라고 썼더니 많은 사람이 나를 비난했다. 채신머리없이 그게 무슨 소리냐는 것이었다. 웃기는 건 비난과 더불어 그날 새로운 '친구 신청'도 꽤 들어왔다는 사실이다. 제일 압권은 술자리에서 "'그때 깁스한 채로 진짜 했냐"고 묻던 친구였다. 나는 웃으며 대답했다. "했지, 그럼. 너 같으면 안 했겠냐?" 설사 못 했더라도 했다고 대답해야 할 판이었다.

"우리, 바람피우다가 걸려도 딱 한 번씩은 봐주기로 하자."

신혼 초에 함께 술을 마시던 아내가 갑자기 이런 얘기를 꺼냈다. 우리는 지금 서로 깊이 사랑하고 있으니까 그럴 리가 없지만 그래도 사람 사는 건 모르는 일이니까 나중에 누군가 실수로 바람을 피우더라도 한 번은 용서해 주자는 나름대로의 사려 깊은 협약이었다. 대신 바람을 피우려면 절대 상대방이 모르게 하라는 이율배반적인 주문도 했다. 나는 흔쾌히 아내의 제안을 받아들였다. 그래, 그러자. 사람 사는 건 모르는 일이니까.

그런데 사실을 고백하자면 나는 바람보다는 가끔 백일몽처럼 완벽한 섹파를 꿈꾸는 쪽이다. 섹파, 그러니까 섹스 파트너 말이다. 아내가 있는데 왜? 글쎄. 배우자 이외에 또 다른 섹스를 꿈꾸는 건 섹스 그 자체보다도 그때의 상황이 만들어내는 낯선 환상들 때문 아닐까. 아내와의 섹스엔 전혀 불만이 없다. 그러나 어느 집이나 부부의 섹스는 어딘지 루틴이 생기기 마련이다. 그래서 휴 그랜트 같은 배우도 멀쩡한 미녀 약혼자를 놔두고 길거리에서 창녀에게 서비스를 받다 들켜 전 우주적으로 창피를 당했던 것 아닐까. 아무튼 세상에 나 이외에는 아무도 그 존재를 모르는 섹스 파트너가 하나 있으면 어떨까 하는 생각을 해본다. 연애 감정은 배제하고 만날 때마다 오로지 섹스만 한 뒤 깔끔하게 헤어지는 그런 파트너.

그래서 그런지 나의 성적 판타지 중 하나가 '존댓말 섹스'다. 서로 극히 상대방을 존중하면서 정중하게 존댓말을 하며 섹스를 나누는 것이다. 마치 연극하는 것처럼. 재미있을 것 같지 않은가. 원래 어렸을 때부터 그런 생각을 가지고 있었는데 영화 <가문의 영광 2>에서였나. 매우 세련된 전문직 여성이 어떤 남자와 얘기를 하다가 상대방의 섹스 의중을 알아채고 난 뒤 "아, 저도 요즘 스트레스가 정말 심했는데, 잘 됐네요. 그럼 저 먼저 씻고 올게요" 하는 장면을 본 뒤로 더더욱 그런 장면을 꿈꾸게 되었다.

실제로 내 친구 중에 섹파를 구하려 애를 쓴 경우도 있었다. 친한 친구들은 그 친구의 아내가 워낙 섹스를 귀찮아하는 성격이라 부부 관계를 일 년에 한 번 할까 말까 한다는 것을 이미 다 알고 있었다. 보다 못한 여자 후배 하나가 "그럼 내가 아는 언니 하나 소개해 줄까" 하고 나섰던 것이다. 자기가 아는 그 언니도 섹스를 그리 좋아하지 않는 남편과 사느라 고생을 하고 있다는 것이었다. 술자리에서 즉흥적으로 나온, 생각해 보면 우스운 얘기였지만 당시엔 아무도 웃지 않았다. 오히려 진지했다. "그래, 서로 돕고 살자. 그 여자 만나서 잘 의논해

봐." 얘기는 일사천리로 흘러갔고 며칠 뒤 두 사람은 정말로 두 근거리는 가슴을 안고 둘만의 만남을 가졌지만 결국 아무것도 하지 못하고 헤어지고 말았다고 한다. 죄책감, 두려움, 남의 이목. 고기도 먹어본 놈이 잘 먹는다고, 막연한 의욕만 앞섰지 그런 일엔 영 젬병인 인간들이 만났으니 진도가 제대로 나갈 리가 없었다. 바람은 아무나 피우는 것이 아니다.

그래서 나는 가끔 마음속 깊이 잠들어 있는 '섹스 파트너'에게 말하는 것이다. '그대여, 웬만하면 깨어나지 마시라. 그대가 일어나면 골치 아파지니까.'

골초였던 내가 담배를 끊은 이유

길쭉한 담배는 흡연자의 신체에 대한 은유로써 부족함이 없다. 그러니까 흡연자는 실은 자신의 몸을 태우는 것이다. 담배가 불똥으로 타들어 가면서 연기로 공중에 흩어지듯 담배를 피우는 사람 역시 언젠가는 사라질 자신의 미래를 예시한다. 그래서 흡연 행위는 존재의 증발이고 진부한 황홀경에 빠지고 싶은 자아의 집중이기도 하다.

— [철학자의 사물들] 중에서

위 문장은 철학자이자 시인인 장석주가 세심한 관찰과 깊은 통찰을 통해 흡연 행위를 예술의 경지까지 끌어올린 아포

리즘이다. 멋진 문장이다. 그러나 막상 담배를 피우는 일이나 그 결과는 그리 멋지지 못함을 우리 모두는 잘 알고 있다. 그런데도 왜 나는 이토록 담배를 끊지 못하는 것일까 괴로워하던 시절이 길었다. 그러던 내가 어느 날 문득 담배를 딱 끊었다. 건강을 위해서만은 아니었다. 하는 일마다 어그러지고 뒤틀리던 시절, 금연은 내가 할 수 있는 가장 손쉽고 큰 도전이었다. 담배를 끊은 지 2년쯤 뒤 라디오를 듣다가 손석희 앵커도 28년이나 담배를 피우다가 끊은 지 겨우 3년 되었다는 사실을 알게 되었다. 묘한 동지 의식이 생기는 걸 느꼈다. 담배 끊은 사람과는 상종도 하지 말라는 말이 있다. 사실은 정반대다. "오빠가 만일 그때 흡연자였다면 만날 생각도 하지 않았을 거야"라고 말하던 여자 친구는 지금 내 아내가 되었다. 나는 담배를 끊은 지 5년 되는 해에 '담배를 피우느니 차라리 바람을 피워라'라는 짧은 글을 썼다.

담배를 피우느니 차라리 바람을 피워라

나는 열아홉 살 때부터
25년간 쭉 골초였다.

흡연자는 거의 다 그랬겠지만

도중에 담배를 피우지 않으면

공부를 할 수도

일을 할 수도

술을 마실 수도 없었다.

아침에 담배 없이

화장실에 간다는 건

아, 그건 정말

상상도 할 수 없는

일이었다.

논산 훈련소에 있을 때

가장 반가운 소리는

훈련 중

'담배 일발 장전!'을 외치는

조교의 목소리였다.

내가 혼자 살던 좁은 집엔

재떨이가 여섯 개나 있었다.

집 안 어딜 가나 담배를

피울 수 있어야 하기 때문이었다.

냉동실엔 늘

한 박스의 여분이 있었고.

(담배는 냉동 보관이 맛있다.)

그러던 내가

담배를 끊었다.

왜 끊었냐고?

어떻게 끊었냐고?

그.냥. 끊.었.다.

당시에 뭔가 획기적인

일을 하나 하고 싶었을 뿐이다.

가장 하기 어려운 일이 뭘까 생각했다.

'담배 끊기'였다.

금단 증세 때문에 죽을 뻔했다.

어느 정도였나 하면

당시 프리랜서로 진행하던

프로젝트 하나를 포기해야 했다.

일을 준 CD에게 찾아가서

면목 없다고

도저히 못 하겠다고

울면서 빌었다.

창피하고 비참했다.

그래서 지금도 신기하다.

내가 담배를 끊었다는 게.

오늘처럼 오후 내내 지금까지

책상 앞에 앉아 카피 고민을 하는 경우엔

이미 던힐 라이트 한 갑을

다 피우고 새 담배를 뜯었을 렌데.

크리에이터들이여,

담배는 삼손의 머리카락이 아니다.

흩어지는 연기는

상념이 아니라 핑계일 뿐이다.

그리고 당신은

험프리 보거트가 아니다.

담배는 그냥 기호식품의 탈을 쓴

'심리적 알리바이'일 뿐이다.

차라리 술을 마셔라.

술이 좀 위험한 사람이라면

담배는 아주

나쁜 년, 나쁜 놈이다.

그러니 끊어라.

그년과의 관계를,

그놈과의 인연을.

남편에게

아내에게

애인에게

담배를 피우느니

차라리 바람을 피우라고 해라.

(차라리 바람을 피우겠다고 하면 그냥 보내줘라. 그런
사람은 가망 없다.)

회사 관두면 꼭 해보고 싶었던 일

회사를 그만두고 비 오는 날 집에서 혼자서 책 읽으면 참 좋겠다는 생각을 많이 했다.

회사를 그만두었다. 마침 비가 온다. 책을 읽는다.

어머니와 전화

서른 넷.

비교적 늦은 나이에 부모님의 집을 나와

혼자 살기 시작했다.

집안의 막내이긴 했지만

곰살맞은 아들은 아니어서

남들처럼 주말마다

부모님 집으로 찾아간다거나

하진 못했는데

대신 매일 저녁 일곱 시면

비가 오나 눈이 오나

하루도 빼놓지 않고 전화를 했다.

전화는 대부분 어머니가 받았고

아버지가 받는 날도 가끔 있었는데

그런 날은 정말 통화가 짧았다.

식사하셨어요?

그래, 먹었다. 어서 쉬어라.

네…….

2000년 1월부터

2012년 겨울, 어머니가 돌아가실 때까지

매일 저녁 일곱 시면

어디서든 전화를 했으니

횟수만 헤아려도

수천 통은 될 것이다.

내가 일곱 시면 휴대 전화를 손에 드는 것처럼

어머니도 일곱 시면 전화기 옆에 가 계셨다.

옆에 아버지가 계실 때는

짧게 인사만 하고 마셨지만

(그래, 별일 없다. 쉬어라.)

혼자 계실 때는 통화가 길어졌다.

어떤 날은 30분이 넘을 때도 있었다.

통화가 길어지는 날은

어김없이 아버지, 형 얘기였다.

신세 한탄을 하고 싶은데

나 말고는 아무한테도

할 수 없는 얘기들이

대부분이었기 때문일 것이다.

언젠가부터는 전화 거는 시간을

여섯 시로 바꾸라 하셨다.

(요새 네 아버지가 일찍 들어온다. 밖에 일이 없나 봐.)

그때부터 나는 저녁 여섯 시면

일을 하다가도 집으로 전화를 걸었다.

일사 후퇴 때 혼자 내려와

평생을 우리 집 식구들을 위해

일하고 돈 벌고 속 썩고 하던 어머니는

말년에도 가만히 앉아

며느리가 해주는 밥을

받아먹는 신세는 못 되었다.

막내는 아예 결혼을 안 했고

큰아들은 나가 살다가

결국 이혼을 했기 때문이다.

요즘 혹시 만나는 여자는 없는지

가끔 물으실 때도 있었다.

결혼할 생각이 없었던 나는

늘 '없어요'라고 짧게 대답했다.

죄스러운 마음이 들었지만 할 수 없었다.

그래서 내가 마음을 고쳐먹고

뒤늦게 결혼하겠다고

지금의 아내를 데려갔을 때

좋아하시던 어머니의 모습을

잊을 수가 없다.

고등학교 삼학년 때

집에 데려간 여자애 말고는

처음이었기 때문이다.

어머니는 아내를

보자마자 좋아하셨고

아내도 어머니를 좋아해서

참 다행이었다.

우리 결혼식을 앞두고

너무나 급하게 돌아가신 어머니.

어제 술을 많이 마셔서 그런가,

오늘 비가 오는 날이라 그런가

어머니 생각이 자꾸 난다.

고맙고

미안하고

불쌍한

우리 어머니.

오늘 같은 날 전화를 드리면

어디 아픈 덴 없냐?

밥은 먹었고?

하며 반가워하실 텐데.

비싼 의자는 필요 없어

이정록 시인의 '의자'라는 시가 있다. 몇 년 전 '현역 시인들이 가장 좋아하는 시'라고 소개되면서 많은 사람의 입에 오르내렸던 시다.

의자
이정록

병원에 갈 채비를 하며

어머니께서

한 소식 던지신다

허리가 아프니까

세상이 다 의자로 보여야

꽃도 열매도, 그게 다

의자에 앉아 있는 것이여

주말엔

아버지 산소 좀 다녀와라

그래도 큰애 네가

아버지한테는 좋은 의자 아녔냐

이따가 침 맞고 와서는

참외밭에 지푸라기도 깔고

호박에 똬리도 받쳐야겠다

그것들도 식군데 의자를 내줘야지

싸우지 말고 살아라

결혼하고 애 낳고 사는 게 별거냐

그늘 좋고 풍경 좋은 데다가

의자 몇 개 내놓는 거여

갑자기 이 시를 떠올린 것은 출근길에 '허먼 밀러'라는 의자 회사가 눈에 들어와서였다. '의자계의 롤스로이스'라 불리는 허먼 밀러는 비싸서 그렇지 정말 앉는 순간 몸에 착 붙는 것이 명불허전이라는 생각이 절로 드는 물건이었다. 포털 회사 네이버에서는 수습 사원들에게도 이 의자를 내준다고 했던가. 맨 처음 가정집을 개조해서 사무실로 쓸 때 우리 회사가 가지고 있던 의자들은 품질이 그리 좋지 못했다. 오래 앉아서 일을 해야 하는 입장에서는 아쉬운 점이었다. 나는 어느 날 회사 대표에게 제안을 했다. "개인용 의자로 허먼 밀러를 하나 마련하고 싶은데 비용이 비싸니 이렇게 딜을 하면 어떠냐? 일단 의자값을 회사와 내가 반반씩 부담하자. 그리고 내가 자진해서 회사를 그만두면 의자를 두고 나가고 내가 쫓겨나는 경우엔 의자를 들고 간다. 어때, 합리적이지 않으냐?" 가만히 내 얘기를 듣던 대표는 "무슨 조건이 그리 복잡하냐"라면서 웃으며 거절했다.

그리고 얼마 후 이사를 하면서 회사 의자는 '시디즈'로 전면 교체되었다. 허먼 밀러 정도는 아니지만 시디즈도 매우 품질이 좋은 의자였다. 특히 시디즈는 '하루 종일 우리 몸이 가장 오래 머무는 곳은 의자'라는 콘셉트로 진행된 캠페인을 통해 매우 설득력 있고 잘 만들어진 광고를 선보였다. 좋은 의자는 일의 능률도 높이고 허리도 보호해 주니 여러모로 좋은 것이었다.

그러던 어느 날 '사람 사는 것 별거 아니니 서로 도와가며 살아라'라는 좋은 뜻의 이 시가 도산공원 근처에 있는 척추 전문 병원에 쓰인 것을 보게 되었다. 병원 담벼락에 "허리가 아프니까 세상이 다 의자로 보여야"라는 구절이 적혀 있는 것을 보고 '저 구절을 시인에게 허락을 받고 가져다 쓴 걸까' 하는 생각을 하면서 또 한편으로는 '혹시 좋은 의자들이 우리를 착취하고 있는 것은 아닐까'라는 의문이 들었다. 도대체 우리는 언제까지 하고한 날 의자에 앉아서 일을 해야 하는 것일까. 이것이 한병철이 [피로사회]에서 역설한 '셀프 착취'가 아닐까.

아내가 이사 오면서 내 책상 앞에 좋은 의자를 하나 사줄까 묻길래 싫다고 했다. 집 안에서까지 의자에 오래 앉아 있는 건 옳지 않다고 생각했기 때문이었다. 적어도 집에서는 의자보다 바닥에 앉거나 누워서 마음껏 뒹굴거나 TV를 보면서 놀고 싶었다. 처음부터 우리에게 어울리는 곳은 의자가 아니라 바닥이었다. "일이 몸에 좋지 않다는 것은 일을 할수록 피곤해진다는 게 그 증거다"라는 프랑스 소설가의 농담을 난 진담으로 생

각한다. '일은 조금만 효과적으로, 노는 건 오래 많이.' 목표는

이건데, 그게 말처럼 쉽지 않다는 게 늘 문제다.

먼 별

그 별은 은하계에서도

밝기로 유명했지

얼마나 밝은지

한 번 별을 본 사람은

눈을 다쳐서 다신 앞을

볼 수 없다고 했어

그러나 사실을 말하자면

그 별을 본 사람은

아직 지구상에 없어

사람만이 아니라

그 별을 본 유인원도 공룡도

등장하지 않았어

3억5천만 광년이나 떨어져 있기 때문에

일단 그 별을 보려면

3억5천만 년을 기다려야 하거든

용케도 3억 년을 기다리던 공룡과 유인원들은

결국 지루함을 못 이겨 쓰러져 나갔고

세상에서 가장 지름이 컸던 나무는

묵비권을 행사하다가 어느 날

벼락에 맞아 비명횡사하셨지

별 한 번 쳐다보는 데도

3억5천만 년이야

그런데 백 년도 못 살면서

무슨 슬픔이 있고 억울함이 있어?

별은 저 위에서 빛나라 하고

우리는 사랑이나 하다 죽는 거지

통영 가는 버스 안에서 쓴 글

그해는 이상하게도 모르는 사람들이 보신각에서 종이나 뎅뎅 치는 걸 TV로 보면서 새해를 맞이하고 싶지는 않았다. 그래서 2015년 연말엔 경남 통영에 가서 아무것도 안 하고 빈둥거리며 연말연시를 보내고 오자고 아내와 다짐을 했다. 12월 31일 아침, 통영의 '봄날의집'이란 게스트 하우스를 예약한 우리는 고속버스에 올랐다. 아내는 버스를 타자마자 잠이 들었지만 나는 쉽게 잠을 이룰 수가 없었다. 박근혜 정부가 일본과 말도 안 되는 정신대 협상을 타결한 지 사흘째 되는 날이었다. 정신대 할머니들과는 아무런 상의도 하지 않은 채 외교부가 독단적으로 일본 측과의 협상을 타결하고 '최종적 종결'까지 약속해 버리다니, 도대체 이게 말이나 되는가. 아침에 뉴스에서 본 '비가역적'이라는 일방적 표현의 뜻을 곱씹던 나는 어느 덧 생각나는 대로 스마트폰 자판을 마구 눌러 글을 쓰고 있었다. 한숨이 나왔다. 생각을 가다듬느라 잠깐 눈을 감고 있었더니 잠든 줄 알았던 아내가 눈을 뜨며 물었다. "여보, 뭐 생각해?" "응, 정신대 할머니들." "그러지 말고 좀 자두지." "응……." 그러나 잠을 잘 수 없었다. 뭐라도 써야 직성이 풀릴 것만 같았다.

나는 정부의 굴욕적 위안부 합의에 대한 부당함을 어떻게 하면 다른 사람들에게 쉽게 전달할 수 있을까 고민하다 사건을 단순화시키는 비유법을 사용해 보기로 했다. '정신대의 문제가 오래전 남의 얘기가 아니라 지금 우리 집에서 일어난 개인의 문제라면 어떻게 될까'를 생각해 본 것이었다. 버스가 달리는 동안 휴대폰으로 작성하는 글이라 깊이 생각할 것도 없이 떠오르는 대로 단숨에 써야 했다. 어렸을 적부터 차멀미를 하던 나는 흔들리는 버스 안에서 가까스로 글을 마무리해 '난 차라리 니가 나가 죽었으면 좋겠어'라는 제목을 붙인 뒤 SNS에 올리고는 그대로 잠이 들어버렸다. 잠깐 내린 휴게소에서 내가 물을 한 병 사서 벌컥벌컥 마셨더니 아내가 걱정을 했다. 통영까지 가려면 아직 한참을 달려야 하는데 그렇게 마음 놓고 물을 마시면 어쩌느냐는 것이다. 나는 괜히 무안해져서 "이젠 물도 못 마시게 해"라고 성을 낸 뒤 괜히 물을 한 모금 더 마시고는 버스에 올랐다.

아내의 말을 듣지 않은 대가는 혹독했다. 삼십 분도 안 돼서 요의가 느껴지기 시작하더니 금방 오줌보가 터질 지경이 되어버렸다. 버스를 잠깐 멈춰달라고 하고 싶은 마음이 굴뚝같았으나 그럴 수는 없었다. 고속도로를 달리는 내내 임시 정차를 할 만한 곳은 전혀 보이지 않았기 때문이다. 내가 괴로워하는 걸 보고 처음엔 그것 봐라 고소해하던 아내도 이내 걱정하는 얼굴이 되었다. 그 와중에 휴대폰을 열어보니 내가 쓴 글은 수백 명이 공유를 하는 바람에 '좋아요'가 기하급수적으로 늘어나고 있었다. 평소라면 그런 반응을 즐기며 갔을 여행길이지만 그때는 오줌 때문에 사경을 헤매느라 그럴 여유가 전혀 없었다. 통영에 도착해 얼굴이 하얘진 나는 짐을 아내에게 맡기고 허겁지겁 화장실로 뛰어 들어가 급한 일을 해결하고 나서야 숨을 똑바로 쉴 수 있었다. 십년감수했다. 언제 어디서

나 아내의 말을 들어야 한다는 소중한 교훈을 얻은 날이었다.

다음 날 통영 바닷가를 걷다가 SBS 작가실이라는 곳으로부터 전화를 받았다. 내가 전날 써서 올린 글을 웹툰으로 만들어 방송과 인터넷에 내보내고 싶다는 내용이었다. 방송국에서 전화가 올 정도니 짧은 기간이었지만 꽤 반향이 있었던 모양이다. 결론적으로 연말연시의 어수선한 방송국 일정 때문에 웹툰은 성사되지 않았지만 이른바 SNS의 힘을 확인할 수 있었던 일화였다. 평생 내가 쓴 글 중 가장 많이 공유가 된 글이었을 것이다.

난 차라리 니가 나가 죽었으면 좋겠어

어떤 여자분이 시집오기 전에 성폭행을 당한 적이 있었다. 당시 주인집 아들에 의해 저질러진 강간이었다. 그 과정은 계획적이었고 모질었으며 끔찍했다. 그러나 그 여인은 힘이 없었다. 오래전 일이었고 또 먹고사느라 바빠 어디 가서 하소연도 못 한 채 그냥 참고 살아야 했다. 남편도 그 사실을 알고 있었지만 주인집이 두려워서인지 원래 자존심이 없어서인지 별다른 내색을 하지 않았다.

그러다가 수십 년이 지난 어느 수요일인가부터 그 여인은 가해자 집 앞에 가서 사과를 요구하기로 했다. 쩨쩨하게 돈을 요구한 것이 아니었다. 단지 네가 잘못했음을 동네 사람들 앞에서 깨끗이 인정하고 반성문을 제출하라는 것이었다.

그러자 그 여인이 당시 돈을 벌고 싶어 자진해서 주인집 아들에게 강간해 줄 것을 부탁했던 것이라는 헛소리가 그 집안사람들 입에서 흘러나왔다. 기가 막히고 코가 막혔다. 그 여인은 그 후 매주 수요일이 되면 비가 오나 눈이 오나 그 집 앞에 가서 사과를 요구했다.

그 여인의 사연은 곧 동네 사람들에게 알려져 많은 공분을 사게 되었고 반상회에 안건으로 상정되기에 이르렀다. 조소과에 다니는 어떤 학생은 그 여인이 강간을 당하던 당시 나이 즈음의 모습을 조각상으로 만들어 그놈 집 앞에 세워놓기도 했다.

그런데 2015년 12월이 다 끝나갈 즈음 황당한 일이 벌어졌다. 다른 사람도 아닌 그 여인의 아들이 그녀에게 말도 안 하고 가해자에게 쪼르르 달려가 지난 일은 다 잊기로 하고 앞으로 다시는 그 일에 대해서는 거론조차 하지 않기로 약속을 하고 왔다는 것이었다.

기가 막힌 모친이 그게 무슨 미친 개소리냐고 소리를 질렀더니 "엄마, 이제 대승적 차원으로 생각하셔야 해요. 아세요? 다시 되돌릴 수 없다는 걸 한자로 쓰면 '비가역적'이 되거든요? 깔끔하게 합의를 다 끝냈는데 이제 와서 엄마가 이러시면 아들 입장이 뭐가 돼요"라고 헛소리를 지껄이는 것이었다. 그러면서 용돈으로 십만 엔 정도를 받아 왔기 때문에 그놈 집 앞에 세워놓은 소녀상도 이제 어디다 좀 치워야 한다는 것이었다.

제 엄마가 강간당한 일을 왜 엄마한테는 알리지도 않고 제 마음대로 가서 합의랍시고 하고, 또 왜 그렇게 서둘렀냐는 질문엔 '앞으로는 그놈이랑 힘을 합쳐 사이좋게 지내야 옆 동네 중국집 배달하는 형들에게 무시당하지 않을 수 있다'며 이장 아저씨가 지속적인 압력을 가해 왔다는 뒷얘기를 털어놨다. 덕분에 주인집 아들은 '12월 28일에 모든 합의를 끝냈으므로 이제 앞으로 그 어떤 사과도 하지 않을 것이며 이를 어길 시엔 그 여인과 그 집은 이 동네에서 끝'이라는 협박을 하기에 이르렀다.

엄마 눈에 피눈물이 흘렀다. 이런 걸 자식새끼라고.

슬프고 허무했다. 이제 누굴 믿고 살아야 하나. 그 여인 은 아들이 받아 온 돈다발을 풀어 지폐를 박박 찢어서 병신 같은 자식의 얼굴에 집어 던지며 소리쳤다.

"난 차라리 니가 나가 죽었으면 좋겠다. 이 쓸개 빠진 개 새끼야."

3

누가 회사를 왜 다니느냐고 물으면 "유흥비를 벌려고……"라고 대답하곤 했다. 그러나 막상 회사를 다니다 보면 유흥할 시간이 없고 회사를 그만두면 곧바로 유흥비가 떨어졌다. 나이가 들어 유흥에 대한 흥미가 떨어지자 진짜 '노는' 것에 대해 진지하게 생각하게 되었다. 놀면서도 잘 사는 사람이 되는 게 목표다. 다행히 이제는 일 잘하는 사람보다 잘 노는 사람이 더 인정받는 세상이 되었다.

놀면서도 잘 살고 싶어서

술집의 꿈

토요일 점심, 아내의 생일 기념 외식을 하러 통의동의 스테이크집으로 가는 길에 내가 말을 꺼냈다.

성준: 술집 이름을 생각했어.

편한집 어때?

편성준이 하니까 편한집.

혜자: 왜 편한집이야?

편혜집, 그래야지.

편성준과 혜자가 하니까.

성준: 아이, 그렇게 여러 가지를 담으려고 하면 복잡해져.

가게 이름은 단순명료해야 해.

혜자: 마음에 안 들어.

성준: 알았어. 접을게.

그렇게 술집을 하려던 꿈이 날아갔다.

아내와 ATM기

아내가 도시락을 싸 들고

회사 근처로 왔길래

ATM기에서 십만 원을 찾아

오만 원씩 나눠 가졌다.

아내가 좋아했다.

희망 온도

    늦은 점심을 먹고 사무실로 들어올 때 울린 클라이언트의 전화 한 통 덕분에 오후 내내 꼼짝없이 바빴던 금요일이었다. 후배 카피라이터와 단둘이 회의실에 앉아 '50분 아이디어 내고 10분 회의하고'를 세 차례 반복한 끝에 월요일 오전까지 보내야 할 아이디어들을 꾸역꾸역 '1차로 정리'해 놓고 퇴근을 했다.

    주중엔 내가 매일 늦게 귀가를 했는데 그날은 아내가 저녁 약속이 있다고 해서 나는 혼자 동네 단골 식당에 가서 저녁을 먹었고 집에 들어와서는 간단히 샤워를 하고 TV 뉴스를 켰다. 메인 뉴스는 다 지나가고 스포츠 뉴스가 나오고 있었다. TV를 끄고 김연수의 산문집과 로맹 가리의 소설을 번갈아 들춰 보고 난데없이 기타를 꺼내 줄도 맞춰보고 하다가 문득 집이 너무 춥다는 사실을 깨달았다. 따뜻한 물로 샤워한 몸이 어느새 식어서 다리가 떨리고 발이 시렸다.

'왜 이렇게 춥지? 금요일 밤에 혼자 있어서 그런 거야. 남들은 왁자지껄 모여서 술 마시고 노는 금요일 저녁에 아내도 없이 혼자 이렇게 집에서 청승을 떨고 있으니까 추운 거야……'라고 생각했다. 그러다가 '그래도 이렇게 방바닥이 차가울 리가 없는데'라는 생각이 들어 안방으로 달려가 보니, 아니나 다를까 보일러가 안 돌아가고 있었다. '희망 온도'를 너무 낮게 해놔서 그런 모양이었다. 버튼을 눌러 숫자를 21도에서 23도로 올렸더니 비로소 보일러 돌아가는 소리가 멀리서 웽~ 하고 들렸다. 제기랄. 역시 세상 사는 '희망 지수'를 너무 낮게 잡으면 안 되는 모양이다.

어떤 교육 기업의 기업 PR을 준비하면서 회의 시간에 '코이의 법칙'을 얘기한 적이 있다.

"관상어 중 하나인 코이라는 물고기는 어항에서는 5~8cm밖에 자라지 않지만 수족관이나 연못에 넣어두면 15~25cm까지 자라고 강물에 방류하면 90~120cm까지 성장한다고 합니다. 우리 회사는 강물에서 자라는 코이처럼 어린이들의 상상력을 키워 큰 사람을 만들어야 합니다."

비록 내가 낸 아이디어가 전파를 타지는 못했지만 광고주는 나의 아이디어와 카피를 무척 좋아했었다.

생각해 보면 나는 어렸을 때부터 지레 포기하는 것에 익숙해졌던 것 같다. 그런 행운이 나한테 올 리가 없어, 저렇게 매력적인 여자가 날 좋아할 리가 있나, 그런 좋은 자리가 내게 올 리가 없지……. 그런 부정적인 생각들이 내 꿈을 왜소하게 만든 건 아니었나 새삼 반성해 보는 금요일 저녁이었다. '희망 온도를 조금만 올려도 몸과 마음이 이렇게 따뜻해지는데 말이야' 하면서.

심야 택시에 두고 내린 것들

몇 년 전에 술 마시면서 택시 운전을 하는 초등학교 동창 H에게 들은 얘기가 기억난다. 택시 기사를 하다 보면 별별 사람을 다 만나게 된다고 한다. 이런저런 취객은 말할 것도 없고, 가끔 요금 안 내려고 문 열리자마자 냅다 튀어나가는 놈들도 있는데 그런 사람은 그냥 놔둬야 한다고 한다. 쫓아갔다가 무슨 일을 당할지 모르기 때문이다. 그리고 농염한 자세로 기사를 유혹하는 아줌마도 생각보다 꽤 많다고 한다. 노르스름한 잡지에나 나올 법한 이야기였다. 하지만 그중에서도 제일 기억에 남는 건 택시비 대신 주고 갔다는 반지나 목걸이에 대한 이야기였다. 하긴 이 세상엔 연애를 막 시작하는 옵티미스트도 많지만 깨진 사랑을 붙들고 앉아 있는 페시미스트는 또 얼마나 많은가.

"아저씨, 저 이거 더 이상 필요 없는 물건인데 택시비 대신 받아주시면 안 될까요?"

손님들은 야밤에 술에 취해 또는 맨 정신에 목이 잠긴 목소리로 그렇게 말하며 사연이 붙어 있는 금붙이나 보석들을 택시에 두고 내린다고 한다. 그날 그 친구가 보여준 목걸이도 그런 스토리가 새겨진 물건이었다. 처음 그가 집으로 들고 들어간 진주 목걸이를 보고 놀라던 그의 아내도 이젠 그런 물건들을 가져다주면 알아서 태연하게 처리한다고 한다.

내가 심야 택시에 두고 내린 것은 어떤 것들이 있었나 생각해 보았다. 건망증이 심하고 부주의한 나는 걸핏하면 택시 안에 지갑이나 신용 카드를 흘렸고 가방을 통째로 두고 내린 적도 있다. 그래도 다행인 것은 마음 한구석에 간직한 꿈까지 흘리고 다니지는 않았다는 사실이다. 야근, 철야, 음주에 찌들어 살던 시절에도 나는 마음의 바닥까지 내려가본 적이 없다. 심야 택시는 오히려 내게 짧은 휴식의 시간이었다. 그런 낙천적인 마음 덕분에 뒤늦게라도 지금의 아내를 만나 알콩달콩 살고 있는 것인지도 모르겠다.

노력해도 안 되는 일들

동대문역사문화공원역을 지날 때마다 생각한다. 이 역 이름을 처음 지을 때 얼마나 고민이 많았을까. 정말 누군가는 한 글자라도 줄이고 싶었을 텐데. 그러나 뭐든 노력한다고 다 되는 건 아니다. 우선 '동대문'을 뺄 순 없었을 것이다. 동대문은 그 지역의 여러 가게와 거리를 거느리는 대표적인 랜드마크니까. 그렇다고 '역사'를 뺄 수 있었을까. 그냥 동대문공원이라고 하고 싶어도 '역사'와 '문화' 중 하나를 빼서 관계자들에게 욕을 먹을 생각을 하면 그럴 수도 없었을 것이다. 그래서 결국 '동대문역사문화공원역'이라는 긴 이름으로 결정했을 것이다. 아무리 노력해도 안 되는 건 안 되는 것이다. 3주일간 휴일도 없이 이를 악물고 준비했던 경쟁 프레젠테이션에서 어이없이 물을 먹은(회장님이 미리 내정한 업체가 따로 있었단다) 것처럼.

집으로 가야겠다. '노력해도 안 되는 건 안 되는 거야'라고 말해 주는 동대문역사문화공원역을 지나서.

남편이라는 직업

아내는 가끔 집에서 내게 고래고래 소리를 지를 때가 있다. 내가 "여보, 왜 이렇게 소리를 지르고 그래"라고 물으면 "그럼 내가 당신한테나 소리를 지르지, 누구한테 가서 이렇게 소리를 질러보겠어" 하며 계속 소리를 지른다.

아내는 가끔 얼토당토않은 말을 나에게 할 때도 있다. 내가 "여보, 그런 엉터리 같은 소리가 어디 있어"라고 물으면 "아니, 그럼 내가 당신한테나 이런 소리를 하지, 어디 가서 이런 바보 같은 얘기를 해보겠어"라고 반문한다.

남편은 참 재미있는 직업이다.

불순한 인생

섹스가 인생의 전부인 줄 알았는데 아니더라고 하면서 억울해하던 여자 후배가 생각이 났다. 어릴 땐 정말 그런 줄 알았는데 어른이 되어 이런저런 놈들과 연애도 해보고 결혼도 해보고 하니 그것도 다 한때더라는 것이다.

나도 술 마시고 돌아다니며 노는 게 가장 재미있던 시절이 있었다. 그땐 술, 담배, 외박이 인생의 삼대 지표였고 심지어 술 마시는 게 좋아 '음주일기'라는 글을 따로 연재하기까지 했는데 세월이 지나고 보니 그것들도 그냥 다 시시했다.

어떤 삶이 가치 있는 인생일까. 돈을 많이 벌어 인정받고 높은 지위로 올라가거나 사업을 확장하는 게 최대의 목표요 보람이라 생각하는 사람도 있을 것이다. 남에게 폐 안 끼치고 우리끼리만 잘 살면 되지 하는 사람도 있을 것이다. 그러나 그렇지 않다. 인생은 그렇게 몇 가지 목표나 가치로 홀딱 채워지지 않는다. 훨씬 더 많은 것이 필요하다. 가족, 친구, 일, 휴식도 필요하고 재미나 의미, 성취, 야망, 좌절도 필요하다. 심지어 쌍년이나 개새끼들도 필요하다. 그렇게 온갖 잡것이 채워지고 하나로 섞일 때 인생이 완성된다. 그래서 인생엔 불순물이 많다. 우린 모두 공평하게 불순하다.

김 실장님의 한숨

금요일 저녁. 사무실에 앉아 자료 화면을 한참 보다가 이어폰을 빼니 옆 칸막이에 앉아 계신 실장님 자리에서 깊은 한숨이 들린다. 땅이 꺼질 것 같은 한숨 소리. 좀처럼 근심을 나타내지 않는 분인데 무슨 걱정거리라도 생기셨나, 무슨 일이길래 저리 근심이 크실까, 물어보아야 하나 모른 척해야 하나……. 한참 고민을 하다가 결국 조심스럽게 실장님 자리로 갔다.

성준: 저, 김 실장님. 무슨 걱정 있으세요?

실장: 아뇨. 없는데요.

성준: 너무 깊은 한숨을 쉬시길래…….

실장: 아, 그거요? 어제 배운 호흡법 해본 거예요. 숨 깊게

내쉬는 거. 아하하.

성준: 네. 아이고, 깜짝 놀랐잖아요. 실장님.

역시 남의 일에 너무 관심을 갖지 말자고 다짐해 본다.

또다시 심야 택시

야근을 하고 열두 시 넘어 택시를 타고 오면서 기사 아저씨와 이런저런 얘기를 나눴다. 내가 마흔일곱 살에 뒤늦게 결혼을 했다고 하니 깜짝 놀라며 자긴 서른넷에 하면서도 늦게 한다고 생각했다면서 "그때 결혼한 게 결정적인 실수였다"는 농담을 했다. 다시 할 수만 있다면 혼자 자유롭게 살고 싶다는 것이다. "저희는 아이 없이 살 거니까 둘이서만 재밌게 살다 깨꾸닥 죽으면 괜찮지 않을까요" 했더니 그것도 좋은 방법이라고 맞장구를 쳤다.

"저는 어머니가 삼 년을 꼬박 앓다가 돌아가셨는데 돌아가시기 전에 아파트 한 채를 병원비로 다 쓰고 가셨어요. 근데 그 뒤로 아무리 열심히 일을 해도 이게 복구가 안 되네"라고 말하는 기사 아저씨. "저는 어머니가 너무 갑자기 돌아가셔서 그게 정말 가슴 아팠는데"라고 말하는 나.

이미 택시 기사와 손님이라는 관계를 망각한 우리는 죽을 때 돼서 금방 죽는 것도 복이라는 쪽으로 자연스럽게 얘기가 흘러갔다. 아저씨는 행여 자신이 죽기 전에 오래 아프거나 치매 같은 병에 걸려서 자식들에게 폐라도 끼칠까 봐 그게 제일 걱정이라고 했다. 나도 우리 부부 둘이 재밌게 살다가 같이 죽는 게 작은 소원이라고 얘기했다.

원하는 사람들에겐 인도적인 안락사나 자살 같은 방법도 좀 열어놔야 하는 것 아니냐는 데까지 얘기했을 때 택시가 집 근처에 도착했다. 우리는 서로 알아서 잘 죽자는 이상한 인사를 나누고 헤어졌다. 밤 12시 52분이었다.

대결

술 약속이 생겼다고 아내에게 전화를 했더니 자기는 이미 소주를 세 병째 마시고 있다고 한다. 또 졌다.

남자로 태어났지만

— 어느 날 택시 안에서 급하게 새로 써본 프로필

남자로 태어났지만 남자다운 적이 없었고

막내로 태어났지만 어리광을 부린 기억이 없고

문학 소년이었지만 문청은 아니었고

<월간팝송> 구독자였지만 이젠 음악을 거의 안 듣고

어쿠스틱 기타 서클 '뚜라미'였지만 기타를 잘 못 치고

여자를 좋아하지만 연애는 잘 못했고

영문과를 나왔지만 영어를 잘한 적이 없고

카피라이터 출신이지만 아직도 광고를 잘 모르고

책을 좋아하지만 많이 읽지는 않고

여행을 싫어하지만 가끔 여행을 하고

글 쓰는 걸 좋아하지만 잘 쓰진 못하고

술을 좋아하지만 소주 두 병이면 취하고

칼럼을 가끔 쓰지만 칼럼니스트는 아니고

<대부>와 <웨인즈 월드>를 모두 좋아했고

이사 오면서 자전거는 누구 줘버렸고

수영 배운 지 다섯 달 만에 겨우 물에 뜨고

결혼을 했지만 아직 철이 안 들었고

애는 없고 고양이 순자는 우리 애가 아니고

프로 게이머

비 오는 일요일 오전에는 뒹굴뒹굴 게으르게 놀아야 제격이다.

리모컨을 손에 들고 <TV동물농장>과 <방구석 1열> 재방송까지 밀린 TV 프로그램을 연이어 시청하면서도 틈틈이 휴대폰 게임을 하는 아내.

성준: 여보, 또 게임해?

혜자: 응.

성준: 도대체 커서 뭐가 되려고 이래?

혜자: 커서 프로 게이머가 될 거야.

성준: 클까?

혜자: 아니. 사실은 다 큰 거 같아.

성준: ㅋㅋㅋ

혜자: ㅋㅋㅋ

아, 실없는 일요일. 비 온다.

우문우답

아내는 가끔 엉뚱한 질문을 한다.

어젯밤 친구들과의 술자리에서 생긴 그릇과 접시들을 설거지하고 있는데 아내가 등 뒤에서 고양이 순자와 놀다가 문득 묻는다.

혜자: 여보, 우린 왜 같이 살아?

성준: 음…… 집이 하나니까.

혜자: 아.

나의 바보 같은 대답에도 비웃거나 이의를 제기하지 않는 아내가 난 좋다.

유물론적 커플

프리랜스 카피라이터 시절의 일이다. 별로 급하지 않은 지지부진한 프로젝트를 하나 진행하고 있었는데 문제는 대행사 CD가 워낙 까다로운 사람이라서 아무리 새로운 아이디어를 내도 좀처럼 받아들이지 않는 것이었다. 당연히 회의는 늘 '배가 산으로 가는' 식으로 헤매다가 끝났다. 다섯 번째인가 여섯 번째인가 또다시 결론 없는 회의를 하러 가는 발걸음은 무거웠다. 그런데 광고 대행사로 들어가는 길에 갑자기 회의 취소 연락이 왔다. CD에게 개인적인 일이 생겨서 미팅을 며칠 뒤로 미뤄야 하겠다는 것이다. 때마침 그 5분 뒤엔 좋아하는 후배에게서 저녁에 술이나 한잔하자는 전화까지 왔다. 갑자기 머릿속이 맑아지고 힘이 났다. 모든 것은 마음이 만들어낸다는 옛 말씀, 일체유심조一切唯心造는 진리였다. 술집이 있는 동네로 향하는 나의 몸은 순식간에 하늘을 날아갈 것처럼 가볍기만 했다. 이때만 해도 '컨디션은 마음의 문제'라고 생각했다.

한번은 여행을 간 아내가 아침에 좀 어지럽다고 하길래 걱정이 되어 다시 전화를 걸어보았다. 뜻밖에도 아내의 목소리는 밝았다. 머리 아픈 건 좀 어떠냐고 물었더니 이제 일행들과 저녁을 먹으러 나왔는데 비싼 음식을 먹을 생각을 하니 기운이 막 난다고 했다. 웃음이 터져 나왔다. "맞아, 나도 비싼 술을 마실 때는 기운이 막 나던데!" 세상 모든 일이 마음먹기 나름이라고 하지만 아내와 나는 마음보다는 술이나 음식을 먹는 것에 따라 달라지는 것 같다. 고차원적인 관념보다는 오욕칠정에 먼저 반응하는 걸 보면 아무래도 우리는 '유물론적 커플'인 것 같다.

별똥별

꿈에 별똥별을

보면서 생각했다.

별은 아내를 주고

똥은 내가 가져야지.

그래도

별이 하나 남네.

[약간의 거리를 둔다]라는 책에서 "유난히 재미없는
사람들의 공통점은 대부분 실패담이 없다는 것이다"라고
했던 말에 동의한다. 그렇다고 실패를 자랑할 것까지는
없지만 적어도 실수를 두려워하거나 창피해하지 않는
게 필요하다고 생각한다. 자, 내년에도 새로운 실수담을
만들어보자. 그리고 재미있는 사람이 되자. 그중 몇 개가
언젠가는 성공담으로 변할지도 모르지 않는가.

실수담이 많은 남자

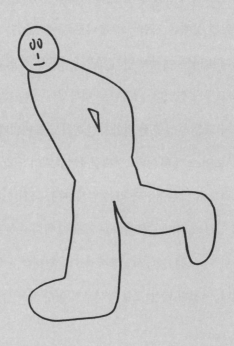

실수담이 많은 사람이 부자다

　"유난히 재미없는 사람들의 공통점은 실패담이 없기 때문"
이라는 얘기가 있다. 한 번도 옆길로 새지 않고 반듯한 모범생
으로만 살아온 사람에게 흥미로운 에피소드가 생길 리 없다.
그래서 나는 예전에 인기 있던 <성공시대>라는 TV 프로그램
이 그렇게 싫었다. 거짓말로 치장되어 있는 것은 물론이고 내
용이 교장 선생 훈화 말씀처럼 뻔하고 재미없었기 때문이다.

　토머스 에디슨의 "천재란 1퍼센트의 영감과 99퍼센트의
노력으로 이루어진다"라는 말도 짜증 나긴 마찬가지였다. 흔
히 이건 노력이 중요하다는 말로 오해되곤 하는데 사실은 '누
구나 다 노력은 하지만 1퍼센트의 천재성이 없으면 다 소용
없다. 다행히 나는 그걸 가지고 있었다'라고 잘난 척하는 얘기

였으니까.

나에겐 커다란 실패담보다는 어이없는 실수담이 많다. 실수담의 기본은 건망증과 부주의함인데 나는 어렸을 때부터 그 두 분야에서 가히 독보적이었다. 일단 초등학교 다닐 땐 등교하다가 집으로 돌아오는 일이 많았다. 이유의 대부분은 '도시락을 두고 가서' 또는 '러닝셔츠만 입고 나가서' 같은 것이었는데 백미는 학교에 갔더니 아무도 없어서 '외계인이라도 쳐들어 왔나' 했던 날이다. 일요일에 혼자 등교를 한 것이다. 식구들은 그런 나를 불안한 눈빛으로 지켜보았다.

그러나 나이가 들어서도 나의 건망증과 부주의함은 개선되지 않았고 오히려 기계를 잘 다루지 못하는 '기계치'임이 추가되었고, 갔던 길도 까먹는 '길치' 성향도 있음이 밝혀졌다. 다행히 꼼꼼한 아내를 만나 삶이 조금은 나아지는 듯싶었으나 아침에 교통카드를 놓고 나가서 다시 집으로 돌아오거나 하는 일상은 크게 변하지 않았다. 나의 자잘한 실수들을 목격하고도 웃어 넘기던 아내도 비가 오는 날 택시 안에 우산을 두고 내린 남편을 목격했을 땐 좀 충격을 받은 것 같았다. 아내는 한숨을 내쉬며 위로했다. 그렇게 허점투성이면서 여태 세상을 살아왔으니 얼마나 힘들었겠느냐고.

"드라마란 주인공이 뭔가 이루려고 엄청나게 노력하지만 결코 이루지는 못하는 이야기"라는 정의를 좋아한다. 그래서 재미있는 드라마의 핵심은 언제나 '성공'이 아닌 '실수'나 '엇나감'에 방점이 찍혀 있기 마련이다. 어제도 그제도 나는 실수담을 썼다. 일단 내가 가진 성공담이 거의 없어서가 첫 번째 이유이긴 하지만 그보다는 작은 실수담들이 주는 효용을 좋아하기 때문이다. 나의 작은 바람은 사람들이 내 실수담을 읽으면서 '나만 그런 게 아니었구나'라는 위로를 받는 것이다. '사람이 살다 보면 실수할 수도 있지'라는 아량을 넘어 '인간은 누구나 완벽하게 불완전한 존재다'라는 통찰에 이르기라도 한다면 더 바랄 게 없을 것이다.

인생의 목표를 성공이 아니라 '즐겁고 재미있게 사는 데 성공하는 것'으로 잡고자 한다. 그러기 위해서는 한 개의 성공담보다 여러 개의 실수담이 있는 게 낫다. 실수담이 많은 사람일수록 부자라고 믿는다.

수영장에서 생긴 일

오늘 아침에 또 수영복을 잃어버렸다. 아니, 엄밀히 말하자면 잃어버린 건 어제 점심때일 것이다. 20분간의 자유 수영을 서둘러 마치고 나온다는 게 수영복과 수영모를 탈수기에 넣어둔 채 그냥 나온 모양이다. 옷을 다 벗고 로커를 잠그고 샤워실로 들어가다 보니 아쿠아 백이 지나치게 가벼운 느낌이 들었다. 백을 열어보니 수영복과 모자가 없었다. 다행히 모자는 전에 잃어버렸다가 다시 찾은 검은색이 하나 남아 있었다. 청소하시는 아저씨와 함께 탈의실 여기저기를 찾아보았지만 내 분실물은 보이지 않았다. 수업은 이미 시작되었지만 수영복이 없으니 풀장에 들어갈 수가 없었다. 나는 결국 청바지와 반팔 티셔츠만 다시 챙겨 입고 매점으로 갔다. 매점 아줌마가 또 반가워하면 어떡하나 약간 걱정을 하며 갔는데 웬일인지 돌연 처음 보는 척을 하시는 것이었다.

성준: 사장님, 수영복 하나 주세요.

아줌마: 수영복이요? 날씬허시네. 95 입으슈.

아줌마의 손이 행어에 걸린 수영복을 훑다가 점점 왼쪽으로 갔다. 왼쪽은 비싼 쪽이다. 이 아줌마가 또 바가지를 씌우려고 하는구나. 나는 얼른 아줌마에게 소리를 질렀다.

성준: 저렴한 걸로 주세요!

아줌마: 저렴한 거라……. 마침 저렴하면서도 좋은 게 하나 있는데!

아줌마가 중간쯤에서 까만색 수영복을 하나 꺼내 보였다. 나쁘지 않은 것 같아서 얼른 달라고 했다. 아줌마가 내 카드를 그으러 간 사이 나는 가격표 플라스틱 줄을 가위로 끊으려다가 가격을 확인하고 놀라 소리를 또 질렀다.

성준: 103,000원이요······?

아줌마: 70프로 할인이에요.

성준: 70프로 할인이라고요? 그러면······

아줌마: 아니, 30프로 할인. 70프로만 받는다고.

성준: 아, 네.

아줌마: 더 비싼 것도 있는데.

성준: 아뇨. 됐어요.

아줌마와 더 신경전을 벌이기 싫어서 나는 얼른 수영장 안으로 들어갔다. 새 수영복을 입고 열심히 수영을 했더니 마음이 가벼워졌다. 옷을 갈아입고 출근을 하는데 스마트폰 알람이 울리길래 열어보니 국민카드 사용 금액 72,000원이 찍혀 있었다. 아줌마가 무슨 죄가 있겠는가. 거듭 수영복을 잃어버리는 내 잘못이지. 당분간 술값을 좀 줄여야겠다는 생각을 했다.

비효율적인 인간

20페이지짜리 기획서 중 맨 끝의 2페이지만 프린트를 하고 싶어 컴퓨터의 '인쇄' 버튼을 눌렀더니 첫 페이지부터 쉭쉭 프린트가 된다. 급하게 프린터로 달려가 '정지' 버튼을 누르니 끝의 2페이지만 빼고 이미 다 나왔다. 역시 난 비효율적인 인간이다.

여행지에서 빈 소원

절이 많은 지방으로 여행을 간 적이 있다. 불교 신자도 아닌 아내는 관광객들 사이를 걷다가 갑자기 여기서는 누구나 한 가지씩 소원을 빌어야 한다고 말했고 나는 속으로 '길에서 갑자기 똥이나 오줌을 안 싸도록 해주세요'라고 빌었다. 갑자기 화장실에 가고 싶은데 화장실도 없고 휴지도 없을 때가 나는 제일 무섭다. 나중에 아내가 소원으로 뭘 빌었느냐고 묻길래 정직하게 대답했다가 지저분하다고 야단을 맞았다.

생각해 보면 나는 지금까지 특별한 소원 없이 살아왔다. 그래서 별똥별이 천문학적인 숫자로 떨어지는 날 그걸 구경하러 충북 충주에 있는 천문대에 갔을 때도 남들처럼 구체적인 소원을 빌지 못했던 것 같다. 소원이 없는 사람은 가난한 사람일까. [날개]의 작가 이상李箱은 "비밀이 없는 사람이야말로 진짜 가난한 사람"이라고 했는데. 아내의 소원은 무엇인지 나중에 한번 물어봐야겠다.

서울대병원

후배가 부친상을 당해서 문상을 가야 한다. 경기도 분당 서울대병원이다. 저녁에 일을 마치고 늦게 전철을 탔다. 타기 전에 ATM기에 들러 현금도 수십만 원을 찾았다. 이놈 저놈, 조의금 좀 내달라 부탁한 인사가 많아서였다.

전철을 갈아타고 한참 걸어 병원에 갔는데 5호실만 불이 꺼져 있었다. 이상하네. 5호실이라고 했는데. 며칠 전에도 여기 왔었는데. 문자 메시지를 다시 확인했다. 서울대병원 맞다. 그리고 내가 간 곳은…… 일원동 삼성병원이다. 미쳤구나, 미쳤어. 택시를 탔다.

성준: 아저씨, 분당 서울대병원으로 가주세요.

기사: 전 분당은 안 가요. 거기 가면 빈 차로 나오니까. 하하.

성준: (이런 제기랄) 그럼 분당선 전철역까지만 가주세요.

아저씨가 룰루랄라 노래를 부르며 핸들을 틀었다. 일원역에서 제일 가까운 분당선이 양재시민의숲역이란다. 6,200원을 내고 거기까지 가서 다시 분당선을 탔다. 아홉 시 반에 회사에서 나왔는데 열한 시 반에도 전철 안이었다. 죽고 싶었다.

성모병원

새벽에 일어나 면도를 하고 머리에 왁스를 발랐다. 새로 산 검은색 여름 슈트를 입고 넥타이도 맸다. 아침 일찍 성모병원 영안실로 가서 부친상을 당한 친구의 운구를 해주기로 했기 때문이다. 새벽 전철을 타니 피곤에 지친 사람들의 모습이 보였다. 나는 고개를 외로 꺾고 잠든 청년이 좌석에 떨어뜨린 스마트폰을 챙겨 주었다. 서울성모병원 영안실에 도착해 7호실을 찾았다. 복도는 어두컴컴했고 7호실은 굳게 닫혀 있었다. 당황한 나는 친구에게 전화를 걸었다.

성준: 한상아, 여기 7호실인데 왜 아무도 없어?

친구: 어, 나도 지금 7호실에 있는데……. 야, 여기 여의도성

모병원이야. 너 그저께도 여기 왔잖아?

　여의도성모병원으로 가야 하는데 고속버스터미널에 있는 강남성모병원으로 간 것이다. 어째서 나는 여의도로 가지 않은 걸까. 다행히 택시가 금방 잡혀서 무사히 여의도성모병원으로 가 운구 행렬에 참여했고 친구들과 함께 벽제시립승화원까지 시간에 맞춰 갈 수 있었다. 몇 년 전 분당 서울대병원 영안실로 가야 하는데 일원동 삼성병원 영안실로 혼자 갔던 악몽이 되살아났다. 그때는 서울대병원과 삼성병원이라 글자도 확연히 달랐는데 이번엔 '성모병원'이라는 공통분모가 있었다는 것에 위안을 받아야 하는 걸까. 아무튼 점점 나아지고 있다고 생각하자.

스마트폰을 잃어버려도 사랑할게

오랜만에 광고 하는 친구들과 술을 마셨다. 많이 마셨다. 그리고 돌아오는 길에 스마트폰을 분실했다. 택시에서 흘린 것 같아 택시 회사에 연락을 해 운전기사님의 전화번호를 알아낸 뒤 전화를 걸어보니 차 안엔 스마트폰이 없단다. 기사 아저씨가 주운 게 아니라면 내가 내린 다음에 탄 손님이 주웠을 수도 있다는 생각이 들었다. 아침에 일어나 혹시나 하고 아내의 휴대폰으로 전화를 걸어보니 전원이 꺼져 있었다. 아이폰 6S를 산 지 얼마 안 돼서 일어난 일이었다.

스마트폰을 분실하고 나니 내가 얼마나 허점이 많은 인간인지가 적나라하게 드러났다. 나는 어쩌자고 아이클라우드 백업을 한 번도 안 했을까. 나는 어쩌자고 네이버 주소록도 쓰질 않고 버텼을까. 나는 어쩌자고 통신사 아이디도 기억을 하지 못하는 걸까. 통신사 홈페이지에 들어가고 싶어도 아이디와 비밀번호를 모른다. 아이디 찾기를 시도하니 인증 번호를 휴대폰으로 전송해 준다고 한다. 나는 휴대폰이 없으니 인증 번호를 받을 수도 없는데.

일단 집에 있던 아이폰5에 유심 칩을 사서 끼웠다. 내일까지 못 찾으면 새 휴대폰을 사야겠다고 한숨을 쉬면서 말했다. 다행히 분실 보험은 들어놓은 상태였다. 아내는 휴대폰을 잃어버렸더라도 사랑하니까 너무 심란해하지 말라고 말했다. 나는 이런 남편을 사랑하느라 당신도 힘들겠다고 아내를 위로했다.

금호동 오남매곱창

금요일 저녁에 친구들과 술을 억장으로 마시고 또 스마트폰을 식당에 두고 왔다. 3차로 간 집이 금호동에 있는 '오남매곱창'이라는 곳인데 기적적으로 내 주머니에 그 집 영수증이 남아 있었다. 아침에 일어났더니 아내는 어젯밤 자신이 오남매곱창 주인 아주머니와 통화한 내용을 전해 주었다. 내가 전화기를 놓고 간 걸 깨달은 주인 아주머니가 얼른 내 스마트폰을 들고 뛰어나왔지만 나는 이미 택시를 타버린 상황이었다는 것이다. 그 애기를 듣고 오남매곱창으로 바로 전화를 해보았지만 사장님도 종업원도 받지 않았다. 생각해 보니 저녁 느지막하게 문을 여는 가게가 토요일 아침부터 전화를 받을 리가 없었다.

나는 오남매라는 이름이 괜히 재밌어서 아내의 스마트폰으로 인스타그램에서 '오남매'를 검색해 보았더니 오남매곱창은 물론이고 오남매닭갈비, 오남매식육식당, 오남매감자탕, 오남매풍천장어, 고창오남매식당 등 오남매 네이밍들이 끝도 없이 이어지는 것이었다. '이렇게 오 남매를 낳은 부모님이 많을 줄이야' 하며 경의를 표하지 않을 수가 없었다. 나는 "오 남매는 많아도 사 남매는 별로 없을 거야"라는 무의미한 소리를 중얼거리며 자리에 누운 채 '사남매' 검색을 시도하다가 아내에게 야단을 맞고 스마트폰을 빼앗겼다.

그날은 한 달에 한 번 토요일 오후에 만나 책을 읽고 책에 대한 이야기를 나누는 독서 모임 '독하다 토요일' 행사가 있는 날이었다. 그날 무슨 책을 읽었는지는 기억나지 않는다. 행사가 끝나고 다들 술집으로 갈 때 나만 혼자 금호동에 있는 오남매곱창으로 갔다. 두 번째로 가는 길이라 그런지 가게를 찾는게 한결 쉬웠다.

공항 트렁크 분실 사건

주의력이 부족한 나는 혼자 여행을 가면 각종 실수를 연발하기 때문에 되도록이면 누군가와 같이 가는 걸 선호하는 편이다. 그러나 가끔은 혼자서 어디론가 떠나는 일의 달콤함 또한 알고 있기에 단독 여행을 감행하기도 한다. 이번 제주 여행은 갑작스런 나의 휴가 계획을 듣자마자 아내가 항공권을 예약해 주는 바람에 일사천리로 진행된 케이스였다.

이른 아침 남편을 혼자 떠나보내야 하는 아내는 노골적으로 불안감을 표시하며 "괜히 인천공항까지 가지 말고 꼭 김포에서 내려서 국내선을 타라"는 등 여러 번 주의를 주었다. 아내 말이 아니더라도 평소 내 행각을 생각해 보면 내려야 할 정거장을 앞두고 딴짓을 하다가 그대로 지나치기 일쑤였기에 나는 모든 신경을 정류장 표시에만 집중하며 허튼짓을 삼갔다. 덕분에 서울역에서 공항행 전철로 갈아탔을 때는 내 옆에서 전철 노선도를 들고 괴로워하는 할아버지에게 친절하게 안내까지 해드릴 수 있었다. "갈아타지 마시고 여기서 두 정거장만 더 가시면 되네요. 하하."

공항에 도착해 무사히 체크인을 하고 검색대까지 통과한 나는 아내에게 전화를 해서 잘 도착했음을 알렸다. 아내는 한 시간이나 일찍 갔으니 탑승 게이트 앞에 가서 커피나 한잔하며 기다리면 되겠다고 칭찬을 했다. 그런데 아내의 전화를 끊고 탑승구를 향해 걷다 보니 뭔가 허전했다. 트렁크. 그래, 트렁크가 없네. 아까 체크인 하면서 맡겼나? 아냐, 무게만 재보고 그냥 들고 비행기 타기로 했는데. 아, 검색대에 두고 왔구나! 검색대를 통과하면서 찢어발기다시피 다 해체했던 가방과 윗도리와 노트북 등을 챙기느라 트렁크를 잊고 그냥 온 것이었다. 검색대로 달려가 트렁크를 놓고 왔다고 외쳤더니 친절한 직원이 나를 데리고 다른 직원에게 갔다.

직원: 아까 트렁크 두고 가신 분이군요?

성준: 네.

직원: 무슨 색이에요?

성준: 네?

직원: 무슨 색 트렁크냐고요.

성준: 어, 어. 갑자기 생각이 안 나네요.

직원: 보라색이군요. 여기에 사인하세요.

성준: 네? 아, 네.

직원: 여기 이름 쓰시고 사인하세요.

성준: 죄송해요. 이렇게 정신이 없으니…… 나 참.

직원: 괜찮습니다. 그런 분 많습니다.

성준: 그런가요. 하하.

　나 말고도 그런 사람이 많다니, 참으로 든든하고 고마운 말이 아닐 수 없다. 공항에 오자마자 사인을 한 나는 트렁크를 찾아 탑승구 앞 공차에 와서 커피를 한 잔 시키고 진정을 했다. 이런 식이라면 혼자 떠나는 여행이라도 그리 심심하진 않은 것 같다. 기왕 이렇게 된 거 맛있는 것도 많이 먹어야지. 기대된다, 제주 여행.

제주 흑돈

호텔에 도착해 샤워를 한 뒤 양치를 하려고 보니 욕실 안에 치약이 없었다. 프런트에 전화를 해보니 이 호텔에선 치약과 칫솔을 제공을 하지 않는단다. 아마 어메니티가 바뀌거나 내가 예약한 방이 아주 싼 특가 상품이라 서비스 품목을 줄인 모양이었다. 서울에서 치실과 칫솔만 가져온 나는 아쉬운 대로 빈 칫솔질을 하고 나와 빈둥거리다 저녁이나 먹을 생각에 인터넷을 열었다. 일단 나간 김에 치약도 사고 혼자 저녁도 먹으려고 호텔 근처 음식점들을 검색해 보니 이름난 식당들은 죄다 걸어가기엔 좀 애매하고 택시를 타기엔 뭔가 억울한 거리였다. 게다가 날은 벌써 어두워진 데다 비까지 내리고 있었다. 프런트에선 "오른쪽으로 걸어서 이십오 분쯤 가시면 식당들이 좀 있을 거"라는 어이없는 말을 지역 정보랍시고 제공해 주고는 나몰라라식이었다. 아마 아까 내가 TV 소리가 나지 않는다고 전화를 했는데 막상 직원이 올라왔을 때 TV 볼륨이 크게 작동되는 바람에 "이게 왜 이러지"라고 했더니 모종의 앙심을 품은 것 같았다.

나도 프런트 직원과 화해를 하고 싶었으나 갑을 관계에 대한 별다른 준비나 대책도 없었으니 할 수 없이 직원이 일러준 대로 호텔 오른쪽으로 나가 해안도로를 걷기 시작했다. 조금 가다 보니 분식점이 하나 눈에 띄는데 차림새가 더도 덜도 말고 진짜 딱 분식점이었다. 기껏 제주도까지 내려와 혼자 정통 분식점에서 김밥에 라면을 먹고 호텔로 돌아와 자는 내 모습을 떠올려보니 너무도 비참했다. 그래, 조금 더 가보자. 바닥이 고르지 않아 바닷물인지 빗물인지 모를 물이 들어찬 도로를 까치발로 걷다 보니 저 앞에 '제주돈아'라는 음식점 불빛이 밝게 빛났다. '돈아'라면 돼지의 아동이란 뜻이 아닌가. 나는 이런 말도 안 되는 자의적 해석을 하며 용감하게 가게 문 안으로 들어섰더니 저녁밥으로 단품을 먹는 사람은 하나도 없고 다들 진지한 고기 손님들뿐이었다. 연탄불로 돼지고기를 구워주는 집이었다.

혼자 식사를 할 수 있느냐고 물었더니 카운터 앞에 선 청년이 "저희가 일단 고기 주문을 받긴 해요……"라는 매우 어중간한 대답을 했다. 즉, 고기를 안 먹으면 밥도 먹을 수가 없다는 얘기였다. 순간 망설여졌지만 눈앞에 김밥과 라면이 다시 떠오르길래 일단 오케이를 외쳤다. "고기 주세요." 고기 주문을 넣으니 "백돼지로 할까요, 흑돼지로 할까요"라는 질문이 곧바로 따라왔다. 백돼지는 21,000원, 흑돼지는 27,000원이었다. 흑돼지로 달라고 했다. 그런데 혼자서 이 고기를 다 먹기엔 양이 좀 많지 않으냐고 물었더니 "여성 손님 혼자 오셔도 이 정도는 다 드신다"는 답변이 돌아왔다. 갑자기 오기가 발동했다. "흑돼지로 주시고요, 한라산도 한 병 주세요."

다들 일행이 있고 나만 혼자였다. 웃기는 건 남자 고객 혼자 앉아 고기를 구워 먹는 기괴한 상황이었는데도 서빙하는 청년들이 너무 진지하고 밝아서 비정상으로 느껴지지 않는다는 점이었다. 평소 버릇대로 휴대폰 카메라를 꺼냈다. 불 위에 올린 돼지고기 사진을 혼자 찍는데 '찰칵' 소리가 너무 크게 나서 창피했다. 제기랄. 빨리 술을 마셔야지 하고 한라산을 따라

연거푸 마셨다. 이게 아닌데. 내일부터는 '제주유랑단'이라는 출판사 모임과 저녁마다 많은 술을 마실 게 뻔하므로 오늘만큼은 맨 정신에 호텔에서 혼자 책을 읽으며 건전하게 보낼 생각이었는데. 나 참.

나의 기분과는 상관없이 흑돼지는 맛이 참 좋았다. 한라산 소주도 여전히 시원했다. 공깃밥을 하나 시켜서 든든하게 배를 채웠다. 그럼 된 거지 뭐. 가족이나 친구들끼리 온 손님들에게 알코올 중독으로 보이기 전에 얼른 먹고 나가자. 마침 내 옆 테이블에서 남자 둘 여자 하나가 펩시콜라 한 병에 고기 삼 인분을 다 먹고 일어서는 게 보였다. 우와, 원래 문명인은 저래야 하는 건가? 말도 안 돼. 냅킨을 달라고 했더니 청년이 크리넥스 티슈를 통째로 가져다주었다. 여긴 뭔가 아직 체계가 잡히지 않은 곳처럼 느껴졌다. 냅킨 하나를 제대로 구비해 놓지 못하다니.

고기가 다 익었는데도 혼자 앉아 계속 연탄가스를 마시고 있자니 숨이 찼다. "불 좀 빼주실래요"라고 했더니 서빙하는 청년이 다가와 "죄송한데 저흰 연탄불을 빼지 않습니다"라고 의연하게 말하는 것이었다. 그 멘트를 들으니 뭔가 이 가게는 제대로 하는 곳이라는 느낌이 들었다. 그래, 연탄불은 붙박이가 제격이지. 불과 몇 분 사이에 마음이 이리저리 왔다 갔다 했다. 고기와 술을 다 먹었다. 흑돈의 여운을 더 즐기고 싶었으나 연탄가스가 너무 세서 그만 일어나 계산을 하고 나왔다. 혼자서 32,000원어치를 먹었다. 이 정도면 매우 양호하다는 생각이 들었다.

호텔로 돌아와 입이 텁텁하길래 치실을 쓴 뒤 칫솔질을 하려다 보니 치약이 또 없었다. 아차, 나 아까 치약 사러 나갔었지. 괜히 나가서 돼지고기만 먹고 왔네 하고 황당해하고 있는데 느닷없이 친구에게서 전화가 왔다. 대뜸 제주도냐고 물었다. 오랜만에 페이스북을 열어보니 내가 제주도 여행을 하고 있는 것 같아 전화를 했다는 것이다. 순간, 사생활을 너무 노출하고 사는 건 아닐까 반성이 되었다. 요즘 별로 친하게 지내지도 않는 친구가 전화를 할 정도면 이건 심각한 사생활 노출 아닌가. 이런 소리를 지껄이면서 또 이런 글을 쓰는 걸 보면 나는 모순으로 뭉친 사나이가 맞다. 오늘은 일찍 자고 내일 새벽에 일어나 혼자 놀아야겠다.

해외 결제 백만 원 사건

아내는 일이 있어서 첫새벽에 나가고 나 혼자 좀 더 자다가 여섯 시에 깨보니 그새 문자 메시지가 세 개나 떠 있었다. 내가 해외에서 물품을 구입했는데 금액이 무려 백십만 원이란다. 어엇! 기가 막혔다. 해외라고는 여름에 일본을 잠깐 다녀온 게 전부인데 거기서 내가 뭘 얼마나 샀단 말인가. 더구나 결제 날짜가 오늘 새벽 1시 36분이었다. 내가 무슨 수로 새벽에 해외로 날아가 물건을 산 뒤 곧바로 기억 상실에 걸린 채 다시 돌아와 자고 있단 말인가. 몸은 이렇게 말짱한데.

잠이 확 깼다. 아, 왜 나한텐 맨날 이런 일만 일어나는 거야. 통장에서 백만 원이 빠져나가면 이번 달엔 진짜 심각한데…….
누군가 해외에서 장난질을 친 모양이었다. 범인은 아이튠즈를 통해 내 돈을 빼내 간 것이 확실했다. 내 마음을 읽기라고 한 것처럼 결제 금액 표시 바로 밑엔 '해외 원화 결제 시 가맹점이 추가 수수료를 가산할 수 있어 현지 통화 거래가 유리합니다' 라는 안내문까지 적혀 있었다. 그렇지. 이런 건 당장 전화를 해야 해. 아침 6시 15분에 우리카드 고객센터에 전화를 했다. 안내 방송에 따라 휴대폰 번호와 주민번호 앞자리를 누른 뒤 상담원과 연결이 되었다.

상담원: 네, 고객님. 무엇을 도와드릴까요?

성준: 카드 사용 내역을 보고 놀라서 전화 드렸는데요.

상담원: 네.

성준: 엉뚱한 게 해외 결제가 됐다고 나와서…….

상담원: 잠깐 사용 내역을 살펴보겠습니다.

(Pause)

상담원: 아이튠즈 사용하셨네요.

성준: 네. 그런데 결제 금액이요……

상담원: 혹시 멜론 사용하시나요?

성준: 네. 그런데 결제 금액이 어떻게 백만 원이 넘게……

상담원: 천백 원인데요, 고객님?

성준: 네?

상담원: 천 백원이에요. 아, 지난달부터 원화로 변경 표시
　　　　되고 있습니다.

성준: 아⋯⋯

자세히 보니 '1,100'이라는 글자 뒤에 있는 건 콤마가 아니
라 점이었다. 그러니까 1,100.00원이었던 것이다. 이 자식들이
사람 헷갈리게. 뒤에 .00은 왜 붙이는 거야?

상담원: 고객님, 더 도와드릴 건 없으십니까?

성준: 네. 죄송합니다. 아, 고맙습니다.

상담원: 아, 아닙니다. 좋은 하루 보내십시오.

성준: 네. 감사합니다.

(Pause)

상담원: 고객님, 전화를 끊어주십시오.

성준: 아, 네.

전화를 끊었다. 다행이었다. 그런데 화가 난다. 새벽에 일어나면 점이나 뒤에 붙은 '00' 같은 숫자는 잘 안 보인다. 그렇지 않은가. 사는 게 힘들다. 내가 무슨 잘못을 했다고 아침부터 이런 시련을 주는가 말이다.

덤벙이 실장님의 모험

마지막 회사인 광고 프로덕션에 다닐 때였다. 그날은 컨디션도 안 좋은 데다가 하루 종일 정말 바쁜 날이었다. 내가 낮에 회의실에서 "오늘은 왜 이렇게 콱 죽어버리고 싶냐"라고 후배 카피라이터 박수에게 투덜거렸더니 그녀가 힘없이 웃던 기억이 난다. 일은 몹시 급하면서도 더디게 진행되었는데 결국 마라톤 회의가 되어 밤 12시 15분쯤에야 끝이 났다. 택시를 잡기 애매한 시간이라 걱정을 했는데 운 좋게도 도산대로에서 빈 택시를 만날 수 있었다.

기사 아저씨는 과묵하고 라디오를 좋아하는 눈치였다. 여성 진행자가 방송하는 영화 음악 프로그램을 듣고 있었는데 DJ는 고정 패널인 듯한 영화 기자와 함께 공포 영화 <콰이어

트 플레이스>에 대해 얘기 중이었다. 이 영화의 미덕은 공포 영화임에도 불구하고 효과음으로 관객들을 놀라게 하지 않는다는 것이라고 했다. 그 말을 들으니 나도 그 영화가 보고 싶어졌다. 그땐 너무 바빠서 한 달 넘게 영화 한 편도 보지 못하고 살고 있었던 것이다.

아저씨의 운전 솜씨는 매끄러웠다. 보통 늦은 밤에 택시를 타면 언덕 위에 있는 집 근처까지 올라가는데 이날은 어쩐지 아저씨가 나중에 좁고 구불구불한 골목길을 다시 내려오는 게 안쓰럽게 느껴져서 그냥 성북동 큰길에서 내려달라고 했다.

카드로 계산을 하고 내려 몇 발자국 걷자마자 점퍼 주머니에 스마트폰이 없다는 것을 깨달았다. 아차! 나는 아스팔트 길로 내려가서 택시를 마구 쫓아가며 "택시! 택시!"라고 외쳤지만 택시는 귀머거리 황소처럼 돌아보지도 않고 저돌적으로 달려 나갔다. 어찌나 빠른지 번호판을 볼 틈도 없었다. 라디오를 좋아하는 아저씨였고 뒷좌석 어딘가에 떨어져 있을 내 휴대폰은 진동 모드로 되어 있었다.

너무 황당했다. 술도 안 마시고 맨 정신에 이게 무슨 일이란 말인가. 심야 영업을 하고 있는 '구포국수'로 무작정 들어가 일하는 아줌마에게 사정을 말씀드리고 휴대폰을 빌렸다. 내 번호를 눌렀지만 아무도 전화를 받지 않았다. 이를 어쩐담. 도저히 그냥 집으로 들어갈 수가 없어서 택시 내린 곳에서 한참을 서성이다가 편의점으로 들어가 점원에게 휴대 전화를 좀 빌리자고 했더니 안 된단다. 전후 사정을 얘기했더니 그럼 번호를 불러주면 자기가 전화를 걸어주겠다고 했다. 나는 편의점 카운터에 엉거주춤 서서 내 번호를 불러주었고 카운터 안의 점원은 전화를 걸었다. 안 받았다. 택시 요금이 찍힌 문자 메시지를 보면 회사 이름이 나온다고 점원이 얘기했지만 나에겐 카드 목록이 찍힌 휴대폰이 없었다. 아, 왜 오늘따라 영수증도 받질 않은 것일까. 다시 한번 부탁을 했고 점원은 다시 전화를 걸었지만 역시 안 받았다. 아무래도 아저씨가 전화벨 소리를 듣지 못하는 것 같았다. 그런데 다른 손님도 아직 타질 않을 걸까.

당시 아내는 제주도 여행 중이라 집에는 아무도 없고 다른 전화기도 없다. 친하게 지내는 옆집 총각도 휴가를 맞아 아내 일행과 함께 제주도 차와 맛집 기행에 동참 중이었다. 집에 올라가 봤자 고양이 순자에게 내 스마트폰을 찾아 달라고 해야 하는 상황이다. 그래도 어쩌랴. 집으로 올라가면서 생각하니 다행히 노트북이 있었다. 노트북을 열고 카카오톡 메신저를 불러냈다. 먼저 방금 헤어진 카피라이터 박수에게 휴대폰 분실에 대해 얘기했다. 박수는 "아, 아니 어쩌다가!!!!!!!!!!!!! 덤벙 실장님"이라는 카톡 메시지를 보내며 안타까워했다. 그녀가 계속 내 번호로 신호를 넣고 있으나 전화를 안 받는다고 했다. 새벽 1시 15분이었다. 제주도에서 술을 마시고 있을 옆집 총각에게도 카톡을 했다. 아내는 속이 좀 안 좋아서 먼저 숙소로 들어왔고 나머지 일행들은 아직 더 마시고 있을 것이라는 걸 택시 타기 직전에 전화 통화로 들어 알고 있었기 때문이다. 옆집 총각도 이게 무슨 일이냐며 내 휴대폰으로 전화를 걸어보겠다고 했다. 조금 있다가 카톡으로 "통화 중인데요"라는 문자가 떴다. 어찌 된 일일까. 알고 보니 옆집 총각과 박수가 동시에 전화를 걸어서 통화 중이 나온 것이었다. 물론 그 시간에 내 휴대폰은 아무도 건들지 않고 있음에 틀림없었다.

정신이 혼미했다. 나는 노트북을 켜놓고 월요일 밤에 사 가지고 들어와 몇 모금 마시다 남긴 9,000원짜리 스코틀랜드산 휴대용 위스키를 꺼냈다. 아내가 만들어놓은 소시지채소볶음도 꺼냈다. 한 잔을 마셨더니 조금 진정이 되는 것 같았다. 한 잔을 더 마셨다. 이제는 휴대폰 전원이 꺼져 있다는 옆집 총각의 카톡이 왔다. 희미하던 희망마저 사라진 것이다. 아아, 이 택시 아저씨가 내 휴대폰을 안 돌려줄 작정을 하신 모양이구나. 속이 쓰렸다. 넋을 놓고 앉아 심야 뉴스를 지켜보고 있다 보니 새벽 세 시였다. 몹시 피곤했지만 잠이 오지 않았다.

아침에 일어나니 새벽에 소식을 들은 아내의 카톡이 도착해 있었다. "사례하겠으니 휴대폰 주우신 분은 문자 확인하시면 이 번호로 전화 주세요. 고맙습니다"라는 문자는 택시 기사가 봤으면 하며 보낸 것이었고, "여보 너무 고민, 자책 말고 분실 신고하고 책상 오른쪽 수납하는 데 보면 다른 휴대폰 있으니 충전해서 갖고 나가. 당분간 그걸로 사용하면서 며칠 기다리다 안 돌아오면 그때 또 방법 생각해"라는 문자는 나에게 보낸 것이었다. 모처럼 계획을 세워 제주도에 가 있는 사람에게 새벽부터 이렇게 쓸데없는 신경을 쓰게 하다니 면목이 없었다.

오전 9시 반쯤 박수에게서 통화에 성공했다는 낭보가 날

아왔다. 그런데 택시 아저씨가 아니고 휴대폰을 주운 어떤 사람이라고 했다. 휴대폰을 찾으려면 중구 순화동에 있는 AIA생명 빌딩으로 오라고 했단다. 기적이 일어난 것이다. 나는 네이버 지도를 열어 위치를 확인하고 얼른 밖으로 나갔다. 전철을 타고 시청역으로 가기 위해서였다. 플랫폼에 들어가 전철을 기다리면서 무심코 휴대폰으로 페이스북 타임라인을 보려고 주머니에 손을 넣으니 허전했다. 마침 내 앞에서 휴대폰을 두 개나 들고 통화를 하는 아저씨를 보고 있으니 괜히 부러운 마음이 들었다. '좋겠다. 나는 휴대폰이 한 개도 없는데 저 아저씨는 두 개나 있네…….' 그런 농담이나 중얼거리고 있는 내 자신이 한심했다.

시청역 몇 번 출구인지 생각이 나지 않아 다시 노트북을 켰다. 그런데 전철역에선 와이파이가 잡히질 않았다. 나는 지도 서비스를 확인하려고 주머니 속 휴대폰을 찾았다. 참, 나 휴대폰 잃어버렸지. 시청역에 내려 안내원을 찾았다. 아무도 없었다. 인터폰으로 안내원을 불러냈다. "제가요, 휴대폰을 잃어버려서요. AIA생명 빌딩이 몇 번 출구로 나가야 하는지 몰라서요……." 구구절절 얘기를 했더니 한참 있다가 9번 출구로 나가라는 대답이 돌아왔다. 9번으로 나가서도 건물을 못 찾아서 어떤 여자분에게 AIA생명의 위치를 물으니 왼쪽으로 쭉 가서 언덕을 따라 내려가면 있다고 친절하게 설명을 해줬다.

AIA생명 빌딩에 들어가 안내 데스크에 가서 또 얘기를 해야 했다. "제가 어젯밤에 휴대폰을 잃어버려서요. 여기 다니는 분이 주었다고 해서요." 안내 데스크에서 내 번호로 전화를 걸었더니 어떤 사람이 받았다. 드디어 내 전화기를 만나는 순간이었다. 젊은 보험 조사원인 그분은 어젯밤 술을 마시고 택시를 탔는데 누군가 휴대폰을 두고 내렸다는 택시 기사의 얘기에 그걸 들고 내렸다고 한다. 그러고는 계속 카톡이나 문자 메시지가 오니까 시끄러워서 끄고 잔 모양이었다. 아무튼 휴대폰을 찾아준 고마운 사람인데 왜 그걸 들고 내렸느냐고 따질 수는 없는 노릇이었다. 사례를 하겠다고 했더니 손사래를 쳤다. 가만히 보니 얼굴도 잘생긴 사람이었다. 나는 고맙고 면목 없다고 인사를 하고 명함을 교환했다. 나중에 작은 선물이라도 하나 보내주고 싶어서였다.

휴대폰이 돌아오니 다시 살 것 같았고 세상도 조금 긍정적으로 보이기 시작했다. 아내에게 전화를 했다. 그리고 박수에게도 전화를 했다. 스마트폰 하나에 이렇게 울고 웃는 것을 보면 나도 어쩔 수 없는 스마트형 인간인 모양이다. 다만 '아주 스마트하지 못한 스마트형 인간'이라는 게 함정이라면 함정이다. 다시 한번 자괴감에 들 수밖에 없었다. 아, 내 인생은 왜 이렇게 늘 아이러니와 지질함의 연속이란 말인가. 보통 이럴 땐 '아무래도 난 결혼을 참 잘한 것 같다'라는 문장으로 끝을 맺곤 했는데 오늘은 너무 한심해서 그런 문장이 들어갈 틈이 도대체 보이질 않는다. 사는 게 쉽지 않다.

타란티노여, 미안하다

쿠엔틴 타란티노 감독의 <원스 어폰 어 타임 인 할리우드>를 극장에서 보고 싶었는데 그동안 취재 여행과 기사 작성 등으로 바빠서 시간을 좀처럼 내지 못했다. 종영될까 봐 조마조마하고 있었는데 드디어 시간이 났다. 오후에 예매를 하기 전 아내에게 오늘 영화 좀 보고 와도 되겠느냐고 조심스럽게 물었다. 감기 몸살이 들어서 밥도 못 먹고 누워 있던 아내는 맘대로 하라고 한숨을 내쉬며 고개를 끄덕였고, 나는 신이 나서 스마트폰 앱으로 영화를 예매했다.

CGV압구정 오후 4시 10분 티켓이라 시간이 빠듯했다. 나는 대학로 동양서림까지 뛰어가 며칠 전 주문했던 진회숙 선생의 책 [우리 기쁜 젊은 날]을 사서 전철로 뛰어갔다. 앞부분만 조금 읽었는데 매우 재미있었다. 전철 안엔 고등학생과 중학생 두 패거리가 각각 출입구를 막고 서서 엄청 떠들고 있었다. 예전엔 출퇴근하던 길이었는데 퇴직을 하고 나니 압구정역도 꽤 오랜만이었다. 전철역에서 내리니 몇 달간 계속 공사만 하던 3번 출구가 드디어 열려 있었다.

너무 서둘러서 그랬는지 영화 상영 시간이 20분이나 남아 있었다. 극장 옆 맥도날드에 들어가 천 원짜리 커피를 한 잔 샀다. 요즘은 자동 주문기로 시스템이 바뀌어서 커피 한 잔 사려 해도 기계 앞에 서서 버튼을 여러 번 눌러야 했다. 카드를 거꾸로 꽂아서 주문이 취소되는 등 우여곡절 끝에 커피를 받아 들었다. 이까짓 커피 한 잔에 기다란 영수증에다 주문증까지 또 나오다니 종이 낭비가 너무 심하다는 생각을 했다.

커피를 다 마시고 극장으로 가서 화장실부터 들어갔다. 영화 시작 3분 전이었다. 나는 두근거리는 가슴을 안고 입구로 갔다. 그런데 안내하는 직원이 없었다. 이상하다 생각하며 3관으로 가서 혹시나 하고 상영관 문을 빼꼼 열어보았다. 뭔가 영화가 상영 중이었다. 당황해서 얼른 문을 닫았다. 이럴 수가. 혹시나 해서 스마트폰 안의 티켓을 다시 들여다보았다. 11월 8

일 4시 10분 예약. 그리고 지금은 11월 4일 4시 8분. 아아, 나는 죽어야 해. 내일 새벽에 제주도로 가서 한 달 후에나 돌아오는데. 그때쯤이면 영화는 극장에서 다 내렸겠지. 그렇다고 제주도에서 극장에 갈 수는 없고. 피눈물이 난다. 타란티노여, 미안하다.

2019년 11월 4일 오후 4시 8분경 CGV압구정 신관 건물 아트3관에서 영화를 보다가 문이 잠깐 열리는 바람에 관람을 방해 받은 관객분들께 정중히 사과의 말씀을 전하는 바이다. 얼른 집에 가서 아내에게 야단이나 맞아야겠다고 생각했다.

부의금 봉투

한양대병원 장례식장으로 잠깐 문상을 갔다. 예전에 MBC 합창단원이기도 했고 가수 소찬휘의 매니저이기도 했던, 대학 서클 뚜라미 일 년 후배가 모친상을 당한 것이다. 저녁 약속이 있어서 낮에 잠깐 들른 것인데 문상객 중에 정말 오랜만에 보는 불문과 다니던 후배가 와 있었고 그녀의 과 동기인 금주 씨도 있었다. 그분도 나처럼 카피라이터 출신이라고 했다. 지금 자기는 일을 그만둔 상태이지만 남편은 아직도 작은 광고 대행사 대표를 맡고 있다고 했다.

금주 씨는 우연히 누가 가르쳐줘서 나의 홈피인 '편성준의 생각노트'를 자주 들여다본다고 했다. 그러면서 내가 운영하고 있는 독서 모임 '독하다 토요일'에 자기도 참석해 보고 싶다는 뜻을 밝혔다. 그 모임은 6개월에 한 번씩 회원을 모집하니까 지금은 들어올 수 없고, 또 책을 읽고 진지하게 토론을 하는 것보다는 한 달에 한 번 모여 두 시간 정도 책을 읽고 잠깐 책에 대한 얘기를 나누는 척하다가 얼른 술집으로 달려가는 게 목적이라고 했더니 그 점이 더 마음에 든다고 했다. 생각지도 못한 곳에서 내 블로그 얘기를 듣다니 놀라운 일이었다. '거긴 글을 자주 올리지 않는 곳인데' 하며 약간 반성하는 마음을 가졌다.

아무튼 대낮부터 술을 마시기도 그렇고 해서 생선전이나 동그랑땡 같은 안주에 물을 마시며 수다를 떨며 놀다가 "이렇게 대낮부터 미녀분들을 모시고 얘기를 나누고 있으려니 정신이 다 혼미해진다"고 너스레를 떨었더니 "미녀의 미 자가 쌀 미＊ 자야, 쌀 미!" 하며 서로 얼굴을 쳐다보며 웃었다. 그 넉넉한 대거리에 또 기분이 좋아졌다. 한 시간 남짓 얘기를 나누다가 아쉬움을 뒤로하고 먼저 일어서야겠다는 인사를 하고 장례식장을 나섰다.

학교 정문 쪽으로 걸어 나가다가 무심코 파카 바깥쪽 주머니에 손을 넣었더니 반으로 접은 편지 봉투가 잡혔다. 내 이름을 쓴 부의금 봉투였다. 방명록에 이름을 쓰면서 잠깐 주머니에 넣었다가 잊어버리고 그냥 나온 것이었다. 황급히 다시 장례식장으로 돌아가서 부의금함에 봉투를 집어넣고 조용히 빠져나왔다. 삼가 고인의 명복을 빈다. 장례식장에 올 때마다 벌이는 실수들만 차곡차곡 모아도 책이 하나 나올 기세다.

"당신이 사는 곳이 당신을 말해 줍니다"라는 아파트 광고
카피는 너무 속물적이었지만 그래도 사는 곳이 중요한
건 사실이다. 우리 부부는 아파트를 떠나 단독 주택으로
이사를 하면서 생활이 변했고 다시 한옥으로 옮기면서
삶의 방향성까지 달라졌다. 성북동 소행성은 '작지만
행복한 집'이란 뜻이다. 이 집엔 아직 철이 덜 든 채 실없는
농담이나 주고받는 바보 부부와 고양이 순자가 산다.

여기는 성북동 소행성小幸星

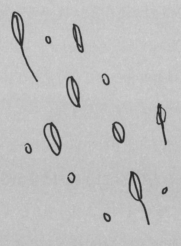

아내와 나는

아내는 TV를 켜놓고 휴대폰으로 게임을 하면서도 드라마의 내용을 모두 파악하는 놀라운 재능을 갖고 있다. 나는 음악만 틀어놓고 책을 읽어도 곧 그 음악에 빨려 들어가 읽던 책에서 길을 잃기 일쑤다.

아내는 운전면허가 있지만 무서우면 눈을 감는 버릇 때문에 한 번도 운전을 해본 적이 없다. 나는 운전면허가 있지만 이미 차를 판 지 십 년이 지났고 이젠 필요할 때 렌터카를 빌려 가끔 운전을 한다. 사실 운전이 좀 싫고 무섭다.

아내는 유명 음식점을 많이 알고 길도 잘 찾는다. 나는 어느 걸 먹어도 대체로 다 맛있다고 생각하는 편이고 맨날 가는 집이 아니면 길을 잃고 헤매는 맹추다. 며칠 후 이사 갈 집을 못 찾아서 그냥 돌아온 적도 있다.

아내는 불합리한 일을 당했을 때 논리정연하게 잘 따지는 편이고, 나는 불합리한 일을 당했을 때 웬만하면 참는 편이다.

아내는 영화배우나 가수 이름을 잘 기억하지 못하고 전에 봤던 영화도 한참 보다가 "어, 이거 본 건가 보다" 할 때가 많다. 나는 영화배우나 가수 이름을 지나치게 잘 기억하는 편이었는데 이젠 단어가 잘 생각나지 않는 '생각의 버퍼링'이 점점 길어지고 있다.

아내는 고기보다 채소를 좋아하고 나는 고기도 채소도 좋아하는데 아내와 살면서 결국 나도 채소만 좋아하게 되었다.

아내는 소주 한 병이면 '다이' 수준에 돌입하고 나는 소주 한 병이면 이제 시작이다 생각하는 편이라 부부의 술자리는 둘이 시작해 혼자 끝나는 경우가 많다.

이래저래 아내와 나는 참 많이 다르다. 그런데도 서로 사랑하며 살 수 있는 건 미워하는 대상들이 비슷하기 때문이다.

공적으로든 사적으로든 우리는 거짓말 잘하는 사람, 남에게 군림하는 사람, 말과 행동이 다른 사람, 과시하는 사람, 이기적인 사람, 목소리 큰 사람을 싫어한다. 지나친 모범생을 싫어하고 기회주의자나 정치적인 사람도 싫어한다.

아내는 주변에 요리를 좋아하는 사람이 많고 나는 주변에 술 좋아하는 사람이 많다. 아내나 나나 싫어하는 사람이 너무 많아 친구가 별로 없다. 같은 점보다 다른 점이 더 많지만 그래도 서로 의지해 살아가는 수밖에 없다. 아내는 나에게, 나는 아내에게 세상에서 가장 친한 친구니까.

소

일요일. 침대에 누워 휴대폰 게임을 하다가 남편이 끓여다 바친 짜왕을 먹자마자 젓가락을 내던지고 다시 침대에 몸을 눕히는 아내. 아내가 소가 되면 어쩌나 걱정이다.

같이 죽자

결혼식 즈음에 '나니쇼'라는 브랜드를 운영하고 있는 후배 란영이에게 연락이 왔다. 결혼 선물로 커플 머그잔을 만들어 주고 싶은데 컵에 새길 글귀를 뭘로 할까 묻는 것이었다. 나와 아내는 거의 동시에 "같이 죽자!"를 외쳤다. 결혼을 앞둔 희망 찬 커플 입에서 왜 '같이 살자'가 아니고 '같이 죽자'가 나온 걸 까. 대답은 뻔하다. 이제 결혼식을 올릴 테니 같이 사는 거야 당연한 일이고, 비록 같이 태어나지는 못했지만 남은 인생 즐 겁게 살다가 한날한시에 죽는 것만이 두 사람이 누릴 수 있는 마지막 호사가 아닐까 하는 생각에서였다. 그래서 우리 집엔 지금도 '같이 죽자'라고 새겨진 머그잔 두 개가 있다.

나는 기본적으로 자살에 찬성하는 입장이다. 물론 실연을 당하거나 생활고에 시달린다고 다 자살을 해야 한다는 것은 아니다. 그러나 적어도 나이가 들고 병이 들어 최소한의 존엄을 유지하고 싶은데 그러지 못하는 사람들에겐 인도적인 차원에서의 자살이 하나의 방법으로 열려 있어야 한다고 생각한다. 그래서 '행복전도사'로 알려져 있던 강사 최윤희 씨 부부의 자살도 가슴 아픈 일이었지만 심정적으로 그럴 수 있다고 생각했다. 최윤희 씨는 너무나 고통스러운 병에 시달리다가 남편과 상의한 뒤 두 사람이 함께 여행길에 올라 유서를 남겨놓고 동반 자살을 했다. 물론 종교적인 차원에서 보면 용서할 수 없는 일일 수도 있다. 그러나 '도그마'로 세상을 보는 건 위험하다. 백 사람에겐 백 가지의 인생이, 천 사람에겐 천 가지의 인생이 있는 법이다. 누가 그들을 비난할 수 있단 말인가.

자살은 허용하고 말고 할 일이 아니다. 누가 자살을 허락받고 하나. 모든 죽음은 기본적으로 슬프다. 그러나 또한 죽음이란 언제나 당사자들의 일이라기보다는 죽음 뒤에 남겨진 사람들의 일이다. 사람은 언제 죽을지 모른다. 같은 비행기를 타고 가다가 죽을 수도 있고, 한 사람이 죽었을 때 남은 사람이 상심이 너무 커서 돌연사할 수도 있다. 그러나 바라는 것처럼 우연히 두 사람이 같이 죽는다는 건 쉬운 일이 아닐 것이다.

가끔 딴짓을 하면 즐겁다

존경하는 광고인이자 글쟁이인 카피라이터 정철 선배는 [틈만 나면 딴생각] 이라는 저서의 표지 날개에 "좋은 생각, 맞는 생각만 하려고 애쓰다 보면 오히려 머리가 굳는다"라고 썼다. 나는 거기에 이렇게 덧붙여보고 싶다. 회사에서 시키는 일만 하다 보면 몸 축나고 머리도 비어 결국엔 바보가 되거나 기계로 전락한다고.

30대 초반에 회사를 그만두고 놀던 시절이 있었다. 남들은 다 열심히 일을 할 시기에, 놀면 안 되는 상황에서 나만 놀게 되었으니 당연히 돈도 없고 친구도 없었다. 더구나 내게는 학력, 학식, 재능, 배경, 배짱 등 사회생활에 필요한 모든 것이 부족하기만 한 상황이고 남아도는 건 오로지 시간이었다. 그래도 뭔가 재미있는 게 없을까 몇 날 며칠 시간을 써가며 고민하다가 생각해 낸 게 바로 '월조회'라는 단체였다. '월요일 아침에 조조를 보는 사람들의 모임'이라는 뜻인데, 명색이 단체이긴 했지만 회원은 달랑 나 하나뿐이었다. 그 시간에 나와 놀아 줄 사람은 나밖에 없었던 것이다. 그런데 재미가 있었다. 남들은 월요병에 시달려가며 주간 업무 회의를 하고 있을 시간에 혼자 텅 빈 극장에 앉아 조조 영화를 보는 맛은 각별했다. 아, 이게 주류 이탈자의 쾌감이구나. 나는 새로 취직이 될 때까지 그 소심한 행복을 많이 즐겼다.

월조회에서 한 번 깨소금 맛을 경험한 나는 틈만 나면 '쓸데없는 짓'을 구상하는 편이다. 어느 날은 나와 아내, 옆집 총각까지 셋이서 밥을 먹으며 "<수요미식회>처럼 우리도 날을 정해서 뭘 먹으러 다녀보면 어떨까"라는 얘기를 하다가 즉흥적으로 '토요식충단'을 만들기도 했다. 이름은 내가 제안을 했는데 자칫 '벌레 충 자'로 오해받을 수 있으니 먹을 것에 충성한다는 뜻의 '食忠團'을 병기하기로 했다. 토요식충단은 미식가인 옆집 총각의 취재력과 출판 기획자인 아내의 추진력 덕분에 정식 회원도 모집하고 페이스북에 페이지를 개설하여 활발하게 활동을 하고 있다. 여전히 토요일에 성북동 삼총사가 식당을 찾아다니는 일이 주 업무지만 두 달에 한 번씩은 회원들을 불러 모아 맛있는 식당을 소개하고 함께 즐기는 행사를 이어가고 있다.

나만큼이나 쓸데없는 일을 좋아하는 아내를 만난 건 행운이다. 아내는 아침밥을 먹지 않으면 하루를 시작하지 못하는 남편 때문에 매일 아침 식사를 준비하는 수고를 떠안게 되었지만 그 덕에 자연스럽게 식탁 사진을 찍어 올리는 '매일매일 밥상'이라는 페이지를 운영하게 되었다. 그런데 이게 의외로 반응이 좋아서 이제는 수많은 구독자가 우리의 소박한 아침 밥상 사진을 기다리게 된 것이다. 쓸데없는 생각이라 여겼던 행위가 사실 아주 쓸데없는 생각은 아닌 모양이다.

연말에 동네에 있는 커피숍 '성북동 콩집'에 앉아 '올해 읽은 책 베스트 5'를 작성하고 있는 나를 보고 아내가 "그러지 말고 사람들과 같이 모여서 소설을 읽는 모임을 한번 만들어보면 어떠냐"고 했다. 그렇게 만들어진 게 '독하다 토요일'이다. 우리가 만든 이 모임은 이름만 독할 뿐 사실은 매우 널널한 독서 클럽이다. 다른 그룹처럼 책을 전투적으로 읽고 와서 열띤

토론을 벌이거나 하는 것은 우리 성격에 맞지도 않으니 자제하기로 했다. 그렇게 해서 모인 회원들은 내가 미리 공지한 6권 중 '이달의 책'을 들고 와 모임 장소에서 한 시간 정도 각자 읽은 뒤 각자 책에 대한 소감을 얘기하기만 하면 된다(사실 처음엔 한 시간 뒤 각자 '세 줄 평'을 작성해 읽어보기로 했으나 이마저도 시들해져서 요즘은 나만 하고 있다). 우선 6개월만 시험 삼아 모임을 가져보기로 하고 내가 6권의 한국 소설을 선정했는데 생각보다 회원들도 빨리 모였고 다들 우리나라 소설을 읽는 즐거움이 쏠쏠하다고 말해 줘서 보람을 느끼고 있다. '독하다 토요일'은 어느덧 시즌 4를 끝내고 시즌 5를 준비 중이다.

생각해 보면 위에 열거한 짓거리들 중 돈이 되는 모임은 하나도 없다. 요즘 인스타그램에 쓰고 있는 '공처가의 캘리'도 마찬가지다. 그러나 어쩌랴. 언제나 그랬듯이 인생에서 돈보다 중요한 게 바로 이런 '즐거움' 아니던가. 그러니 쓸데없는 짓을 두려워하지 말자. 장담하건대 가끔 딴짓을 하면 할수록 인생은 즐거워진다.

멈추면 비로소 보이는 것들

베스트셀러를 잘 읽지 않는다. 베스트셀러가 된 대부분의 책은 많은 사람의 사랑을 받아서 그런지 몰라도 대부분 눈높이를 좀 낮춰 만든 게 아닌가 하는 의구심이 들게 되고, 또 당시에는 화제를 뿌리고 수많은 이야기를 만들어내더라도 어느 정도 숨이 죽고 흥분이 날아가고 나면 허술한 부분들이 쉽게 눈에 띄기 때문이다. 그러나 그보다 더 큰 이유는 남들이 다 하는 건 안 하겠다는, 고상한 척하려는 속물적인 마음이 어딘가 숨어 있기 때문일 것이다. 그러던 어느 날 아내의 말에 생각을 바꿨다.

"여보, 베스트셀러 하나 내는 거 보통 일이 아니야. 어떤 책이든 잘 팔리는 데는 다 그만한 이유가 있는 거야."

곰곰이 생각해 보니 아내의 말이 맞았다. 잘 팔리는 상품엔다 내재된 장점이 있다. 더구나 출판 현장에서 기획자로 일하면서 베스트셀러 만드는 게 얼마나 어려운 일인지를 뼈저리게 느낀 사람의 말이니 귀담아듣지 않을 수가 없었다.

그래서 이제는 화제가 되는 책들은 되도록 그때그때 챙겨서 읽으려고 노력하는 중이다. 요 몇 년 사이 가장 유명한 베스트셀러는 [멈추면 비로소 보이는 것들]이라는 에세이일 것이다. 하버드대에서 공부를 하고 얼굴까지 잘생긴 혜민 스님이 트위터에 썼던 글들을 모아 책으로 엮은 것인데 쉽고 짧고 공감 가는 구절이 많아서 많은 사람에게 읽혔고 지금도 여전히 많이 팔린다. 그런데 난 이 책의 제목만 보면 마음이 좀 우울해진다. 멈추면 비로소 보이는 것들. 좋은 이야기지만 이 땅에서 살아가는 많은 사람이 실천하기는 참으로 사치스러운 문장 아닐까.

어느 날 술집에서 친구들과 술을 마시다가 그런 얘기를 했다. 내 생각에 현대인의 삶은 세 가지 층위로 나눌 수 있는데 하나는 걷는 사람, 또 하나는 자전거를 타는 사람 그리고 마지막은 자동차를 타는 사람이라고. 걷는 사람은 아무것도 가진 게 없고 잃을 것도 없어서 탁발승이나 가난한 예술가처럼 혈혈단신 자유롭게 다니는 사람이다. 이런 사람들은 걷고 싶을 때 걷고 서고 싶을 때 멈춰서 아무 때나 세상을 여유롭게 바라볼 수 있다. 그리고 자동차를 타는 사람도 차를 타고 가다가 도로 한쪽에 멈춰 서서 자기가 보고 싶은 걸 천천히 바라볼 수가 있다. 이들에겐 기득권이라는 삶의 여유가 탑재되어 있기 때문이다. 그런데 자전거를 타는 소시민들은 좀처럼 그럴 수가 없다. 계속 페달을 밟지 않으면 자전거가 쓰러지기 때문이다. 보통 휴일을 빼고는 단 하루도 페달을 밟지 않을 수가 없다. 안 그러면 월급이 나오지 않으니까. 그리고 애들이 학교를 다니지 못하게 되니까. 이런 사람들에게 앞만 보고 달리지 말고 잠깐 멈춰 서서 세상을 바라보라고 얘기하는 건 고기가 몸에 안 좋으니 채소를 되도록 많이 먹으라고 하는 것만큼이나 한가한 소리로 들리지 않을까. 물론 현실이 각박하다고 꿈도 꾸지 말자는 것은 아니다.

사실 '멈추면 비로소 보이는 것들'이라는 문장을 제목으로 쓴 혜민 스님이 무슨 잘못이 있겠는가. 다만 그 제목 때문에 지금 대한민국에서 걷는 사람은 몇 퍼센트이고 자동차를 타는 사람은 몇 퍼센트나 될까 생각해 보게 된 것이다. 한 가지 분명한 건 경제적인 잣대로 따져보면 자전거를 타는 사람이 압도적으로 많을 것이라는 서글픈 짐작이다. 나도 언젠가는 자전거에서 내려 봄비에 젖은 푸르른 대지를 천천히 눈부시게 쳐다보고 싶다. 달릴 땐 보이지 않던, 멈춰야 비로소 보이는 것들을 온몸으로 느끼고 싶다. 그러나 세상은 그렇게 호락호락하지 않기에 오늘도 눈물 젖은 페달을 밟아야 하는 것이다.

쫄면

    우리 부부는 둘 다 군것질을 그리 좋아하지 않는다. 그래서 둘이 있을 때는 과자나 음료수 등을 사 먹는 일이 거의 없다. 심지어 집에 손님이 와서 탄산음료나 주스를 찾을 때도 없어서 미안해한 적이 있을 정도다. 입맛이 비슷해서 그런 것도 있겠지만 거슬러 올라가보면 그보다 더 큰 이유가 있다. 아내도 나도 어렸을 때 군것질을 할 정도로 용돈이 넉넉하지 못했기 때문이다. 아내는 형제자매가 많은 집의 넷째 딸이었고 어머니가 하숙을 치셨다니 아이들의 어리광을 받아줄 여유가 없었을 것이다. 나는 가난한 집에서 자란 건 아니었지만 그렇다고 군것질을 할 정도로 유복한 것도 아니어서 어린 시절 내내 동네 가게에서 과자 하나 제대로 사 먹은 기억이 없다. 옛날 시골

집이라는 게 다 그렇지 않은가. 더구나 그때는 집에서 프라이드치킨이나 피자 등을 시켜 먹는 건 고사하고 세끼 밥만 먹어도 감사할 줄 알아야 한다는 분위기가 팽배해 있었으니.

대학생 때도 마찬가지였다. 남들은 과외 아르바이트니 뭐니 해서 스스로 돈을 벌고 쓴다고도 하는데 나는 띵가띵가 놀기만 하는 편이라 용돈이 늘 부족했다. 그래서 술집이나 당구장엔 가도 다방엔 잘 가지 않았다. 시쳇말로 '가성비가 떨어진다'고 생각했기 때문이다. 그러니 당구장 가는 길에 스낵 코너 같은 데 들러서 뭘 사 먹는 애들이 되게 신기했다. 스무 살이 넘어서도 이런 식이었으니 군것질이나 불량 식품을 먹는 게 다른 세상의 일인 양 살아온 반생이었다고나 할까. 어쩌면 이런 이력을 가진 사람들끼리 만난 덕에 안 싸우고 잘 사는 것인지도 모른다. 다행이라고 생각하면서도 조금은 서글프기도 하지만.

그런 아내가 가끔 열광하는 음식이 쫄면이다. 아내는 고등학교에 들어가서야 비로소 자기 용돈으로 뭔가를 사 먹어봤는데 그 첫 번째 음식이 쫄면이었던 것이다. 여고 시절에 쫄면과 함께 만두 하나 추가해 친구들과 나눠 먹으면 세상을 다 가진 것처럼 행복했다고 말할 정도니까. 그래서 요즘도 "밖에 나가 뭘 먹을까" 물으면 쫄면을 꼽을 때가 많다. 이제 쫄면 정도는 배가 터지도록 사줄 수도 있지만 나는 왠지 그런 아내가 좀 안쓰럽다. 시인 김수영이 '나는 왜 작은 일에만 분개하는가'라고 쓴 것처럼 아내가 너무 작은 것에 행복해하는 건 아닌가 하는 의심과 미안함 때문이다. 내일 투표를 마치고 돌아오는 길에 맛있는 쫄면집이 하나 있었으면 좋겠다.

아내가 없는 밤

나는 평생 결혼이라는 걸 안 하고 살 줄 알았다. 특별한 이유가 있었던 건 아니고 그냥 결혼 생활이 나하고는 어울리지 않는다고 생각했고 또 혼자 살아도 별로 외롭거나 비참한 생각이 들지 않았기 때문이다. 그리고 무엇보다 혼자 있는 게 좋았다. 이게 대인 기피증과는 전혀 상관없는 게, 평소에 사람들과 어울려 일하거나 노는 것도 참 좋아하는데 그러다가도 어느 순간이 되면 혼자 소파에 늘어져서 다리 한쪽만 까딱거리며 신문을 보거나 '멍 때리고 있는' 나의 모습이 그려지고 이내 그 상태가 몹시 그리워지는 것이다.

그것은 심지어 예쁜 여자가 혼자 우리 집에 놀러 와 있을 때도 마찬가지였다. 전날 밤 어찌어찌 잠자리를 가질 때까지는 좋았는데 다음 날 아침이 되면 '근데 쟨 집에 안 가나'라는 한심한 생각이 나도 모르게 배 속에서부터 스멀스멀 기어 올라오는 것이었다. 사정이 그러다 보니 남들이 진지하게 결혼을 생각하고 상대를 만날 때도 나는 여자들에게 객쩍은 농담이나 날리고 미래에 대해 얘기하기를 꺼리는 한없이 가벼운 연애 상대나 그냥 '아는 오빠'로 굳어져가고 있었다.

그래, 가끔 이렇게 연애나 하며 살지 뭐, 결혼은. 이렇게 나의 미래에 대한 생각을 정리했는데 어느 날 몇 개의 우연이 겹치는가 싶더니 마치 교통사고 당하듯 생각지도 않게 아내를 만나게 되었고 무엇에 홀린 듯 동거하고 결혼까지 일사천리로 진행되었다. 참으로 신기한 일이다.

이상하게 아내와 있으면 힘들거나 지겹지 않고 '혼자 소파에 늘어져서 다리 까딱이며 신문을 보거나 멍 때리고 있는' 나의 모습도 더 이상 그려지지 않는다. 왜 그럴까. 우리는 대화를 많이 한다. 많은 커플이 그렇듯 우리도 '오바마의 역사적인 쿠바 방문' 같은 심오한 얘기는 잘 나누지 않는다. 그저 각자의 회사에서 있었던 소소한 얘기나 TV 프로그램 얘기, 주변에 있는 사람들의 자잘한 뒷담화 등을 나눈다. 그리고 서로 힘든 애기를 거침없이 나눈다. 이게 중요하다.

슬픈 일을 당한 사람일수록 화를 자주 내거나, 무서워하거나, 무감각해지는 등 자신도 모르게 부정적으로 변하는 경우가 많다고 한다. 그래서 그런 감정들을 어딘가에, 또는 누군가에게 표현할 기회가 있어야 한다고 말하는 심리학자의 글을 읽은 기억이 난다. 사람은 누구나 자신의 슬픔이나 외로움을 지지해 주는 사람들의 도움을 받아야 할 권리가 있다는 것이다.

나는 아내에게 그런 걸 모두 말한다. 지금 내가 얼마나 힘든지, 얼마나 멍청한 짓을 했는지, 얼마나 창피한지. 아무리 바보 같은 얘기를 해도 (하다못해 출근하다 바지에 똥 싼 얘기를 해도) 그녀는 다 받아준다. 다 받아주는 사람이 있다는 것, 그 사실이 나를 부자로 만든다.

아내와 지방 호텔들을 전전하다

회사를 그만둔 그해 가을, 아내와 함께하는 프로젝트가 하나 생겼다. 전국의 스마트 팜을 돌아다니며 취재하고 그걸 글로 써서 보고서 같은 책을 한 권 만드는 일이었다. 문제는 10년 넘게 운전을 안 하던 내가 차를 직접 몰고 다니며 농부들을 만나야 한다는 사실이었다. 할 수 있을까? 그러나 망설이면 기회를 놓치는 게 된다. 나는 두말없이 찬성을 했고 아내는 아는(아내는 아는 사람이 참 많다) 렌터카 사장님에게 전화를 해서 차를 한 대 계약했다. 티볼리 디젤이었다. 소형차 중에서는 그나마 디자인이 마음에 들어서였고, 디젤 차를 빌린 이유는 당시 그 회사의 티볼리 휘발유 차는 몽땅 대여 중이었기 때문이다.

지방으로 여행을 떠나기 일주일 전쯤 차를 빌려 운전 연습 삼아 여기저기를 돌아다닐 생각이었다. 그런데 차를 빌린 지 이틀 만에 성수동 빵 공장에 갔다가 주차 요원과 시비가 붙고 타이어가 찢어지는 바람에 난리를 쳤다. 다행히 다친 사람도 없었고 사정을 들은 렌터카 회사 사장님이 타이어 값 6만 원 중 3만 원을 보조해 주는 바람에 차와 나는 다시 정상으로 돌아올 수 있었다. 이 과정에서 아내는 "괜찮아. 돈으로 해결할 수 있는 일은 아무것도 아니야"라는 말을 카톡 메신저에 남겨서 큰 위로를 주었다.

우리는 평소에 전혀 관심도 없던 스마트 팜에 대해 열심히 공부를 하고 취재를 다녔다. 아내가 섭외 및 인터뷰 일정 조정, 필요한 도표와 통계, 수치 등을 모두 맡았고 나는 인터뷰와 메인 기사 작성을 진행하기로 한 분업 체제였다.

경기도 파주를 시작으로 강화, 전라남북도, 경상남도, 강원도 등 안 다닌 곳이 없을 정도였다. 나의 운전 실력은 하루가 다르게 좋아졌다. 그러나 아직 초보라서 실수를 연발하기도 했다. 아내는 내비게이션이 안내를 해주는데도 고속도로 출구를 못 찾아 수십 킬로미터를 더 돌아갈 때마다 나를 쳐다보며 한숨을 쉬었다. 전북 김제에서는 취재를 마치고 나오다가 농가 바로 앞에 있는 배수로에 바퀴가 빠져 긴급하게 보험사를 부르기도 했다. 바퀴가 빠진 내 차를 끌어내주려다가 농부의 차까지 수렁에 빠지는 바람에 그 보험사 직원은 차를 두 대나 건져내야 했다. 농부 말로는 그 배수로에 바퀴를 빠뜨리는 사람이 일 년에 한 번 정도 있는데 이번엔 그게 당신이었다고 하며 웃었다.

운전을 하는 바람에 즐거운 일도 많았다. 일단 그동안 차가 없어서 포기했던 '맛집'들을 조금 더 손쉽게 찾아다닐 수 있었다. 광주나 남원 등에서 만났던 맛집들을 잊을 수 없다. 지방의 호텔들은 아내가 도맡아 예약을 하며 동선을 짰는데 '야놀자' 앱이 편리하고 할인도 많아 최고라고 했다. 덕분에 처음으로 '드라이브 인 호텔'에 가보기도 했다. 쫙쫙 갈라진 커튼이 너울대는 입구로 들어가면 개인 주차 공간이 나오고 차를 대면 저절로 주차장 문이 닫혀서 투숙객들이 차에서 내린 뒤에 아무도 만나지 않은 채 곧장 방으로 향할 수 있는 시스템이었다. 그러나 기계 작동이 서툰 우리 커플은 주차장 안에서 인터폰으로 여직원과 여러 번 통화를 해야 했다. 대부분 신분 노출을 꺼리고 대화를 피하는 투숙객들 사이에서 우리 부부는 좀 유별난 사람들이라고 여겨졌을 것이다. 호텔의 욕실 또한 잊을 수 없다. 욕실 한쪽 유리창을 통해 침대에서도 욕실 안을 훤히 볼 수 있는 것이었다. 방의 불을 끄면 욕실은 무대로 변했다. 아내는 기겁을 하며 요즘 욕실들이 이상하다고, 민망하게 방에서 안이 다 보인다는 글을 페이스북 담벼락에 올렸다가 "그게요…… 부부라서 민망한 거예요"라는 페친의 답글에 둘 다 배꼽을 잡고 웃었다.

매일매일이 강행군이었다. 원래는 취재를 하고 숙소로 가면 그날 저녁에 기사 초고를 마무리하는 게 계획이었지만 막상 구불구불 산길을 따라 골짜기까지 가서 취재를 마치고 돌아오면 그대로 녹초가 되었다. 인터뷰가 길고 전문적인 내용이 많아서 녹취를 했는데 나중에 녹취를 푸는 것도 엄청난 노동력과 주의를 요하는 일이었다. 게다가 내 목소리를 다시 들어보니 공부를 안 한 티가 너무 났다. 스마트 팜 공부를 안 한

게 아니라 인생 공부를 게을리한 게 내 발음과 억양과 자세에서 적나라하게 드러났다. 맨날 비슷비슷한 사람들만 만나고 세상 물정엔 담을 쌓은 채 나태하게 살아온 것이다. 뼈저린 반성을 해야 했다. 그리고 결정적으로 재미가 없었다. 스마트 팜은 과학과 효율이 가장 중요한 가치를 차지하는 세계였다. 생산성으로 모든 게 평가되는 세상에서 내가 정 붙일 만한 게 하나도 없었다. 기사도 인간적이거나 개인적인 냄새를 조금이라도 풍기면 건조하고 명료하게 다시 고쳐달라는 주문이 왔다. 어쩌면 아직 정신 못 차린 투정일 수도 있었다. 그러나 어쩌랴. 나는 이렇게 생겨먹은 것을. 그냥 일이라 생각하고 묵묵히 성실하게 하는 게 최선이었다. 그리고 그게 일하는 자의 기본자세임을 나도 잘 알고 있었다.

그래도 매일매일 운전을 하다 보니 자신감이 붙는 것 같았다. 처음에는 조수석에서 내비게이션을 읽어주며 노심초사하던 아내도 나중엔 코를 골며 자는 경지에 이르렀다. 재미있는 건 내비게이션의 안내 멘트였다. 한참 길을 가는데 난데없이 뜨는 '경노내유고'는 정말 황당한 문구였다. 이게 뭘까 계속 궁금해하며 유추해 보니 '당신이 경유하고 있는 길 안에 사고가 있으니 돌아가는 게 어때'라는 경고 문구였다. 기가 막혔다. 이렇게 어려운 한자어를 눈도 깜짝하지 않고 한글로 쓰다니. 하지만 "잠시 후 터널 안으로 진입하겠습니다. 기존 차로를 유지하십시오"라는 안내 멘트가 나오면 뭔가 내가 지금까지 잘못된 길을 온 건 아니라고 인정해 주는 말 같아서 묘하게 위로가 되기도 했다.

운전을 하는 동안엔 당연히 통화도 메신저도 할 수가 없었다. 하루는 전라도의 고속도로를 시속 100킬로미터가 넘는 속도로 계속 달리고 있는데 연속으로 카톡이 울렸다. 그날은 고등학교 동창들 모임이 있는 날인데 나는 미리 지방 출장 때문에 못 나간다고 언질을 해둔 상태였다. 알람을 꺼달라고 하려다가 그래도 궁금해서 아내에게 카톡 내용을 좀 읽어달라고 했다.

성준: 여보, 카톡 좀 확인해 줘.

혜자: 영일 씨가 끝나는 대로 빨리 가겠대.

성준: 난 못 간다고 얘기해 놨어.

혜자: 대명 씨가 조금 늦겠대.

성준: ……

혜자: 정완 씨가 먼저 도착하거든 3만 9천 원짜리 디너 시
키면 된대.

성준: 횟집이구나.

혜자: 오늘 정치 얘기하는 놈은 입을 찢을 거래. ㅋㅋㅋ

성준: ㅋㅋㅋ

혜자: 영일 씨가 공, 술, 녀, 요런 야그만 하재.

성준: 아이구, 새끼들.

혜자: 정완 씨가 '그중에 질루 좋은 건 여자 얘기여~ㅋㅋ'

성준: ……

혜자: 대명 씨가 '아이고, 난 이제 고추로 오줌만 눌 거야.
ㅋㅋㅋ'

성준: 햐. 새끼들.

혜자: 한 가지만 해야지. 그것도 잘 안 되는데.

성준: 여보.

혜자: 대명 씨가 '나두 나두⋯ 니들은 오줌은 잘 나오나
보다'.

성준: 여보, 여보.

혜자: 응?

성준: 그만 읽어도 돼.

혜자: 응.

고등학교 동창 놈들이 메신저로 오줌 누는 얘기나 나누고 있는 걸 들으며 고속도로를 달리자니 처량하고 슬펐다. 그래도 이놈들이 다 나보다 나은 인간인데⋯⋯ 나는 어쩌자고 동창회도 못 가고 이렇게 고속도로를 헤매고 있나 생각하고 있는데 내비게이션이 또 다른 멘트를 던졌다. "삼백 미터 앞, 불량 적재 차량 단속 구간입니다." 불량 적재 단속이라니. '이 차 안에도 불량한 인생이 하나 적재되어 있는데⋯⋯ 괜찮으려나' 하는 생각이 들어 피식 웃었다. 물론 아내에게 이런 생각까지 말하진 않았다.

희수는 일곱 살

　어제 저녁 성북동 소행성에 놀러 온 친구의 일곱 살짜리 아들 희수와 함께 김밥을 사러 동네 큰길로 나왔다. 아침에 자신의 키가 190cm라고 뻥을 쳐서 무슨 소린가 애 엄마한테 물어보니 119cm를 잘못 말하는 것이라고 했다. 120cm부터 롤러코스터를 탈 수 있어서 그런단다.

　성북동 김밥집으로 가는 큰길에서 희수가 집값을 물었다. 요즘은 누구나 만나기만 하면 집값이며 수리비를 묻더니만 희수까지 그게 궁금하단 말인가.

　희수: 삼촌 집은 얼마예요?

　성준: 왜?

희수: 그냥요. 궁금하잖아요.

성준: 우리 집은 아파트보다 싸.

희수: 얼만데요?

성준: 너네 집은 얼만데?

희수: 십만 원.

성준: 우리도 십만 원.

희수: 와, 나비다!

해동화원 앞 꽃밭에서 나비를 발견한 희수가 앞으로 저만치 뛰어간다. 집값 따위는 벌써 잊은 지 오래다. 부럽다.

'창조'라고 써놓고 보면 거창하지만 사실 사람에겐 모두
크리에이터의 능력이 필요하고 어느 정도는 타고나기도
한다. 다만 대부분 그 사실을 모르고 있을 뿐이다.
그렇다면 크리에이터의 자질은 무엇일까. 틈나는 대로
읽고, 보고, 쓰는 것이다. 카피는 카피라이터만 쓰지
않는다. 시도 시인만 쓸 수 있는 건 아니다. 평소 부지런히
책을 읽고 영화를 보고 메모를 하는 사람들은 만나보면
활기차고 재미있다. 늘 뭔가 새로운 걸 접하고 있기
때문이다.

읽고 쓰고 놀고

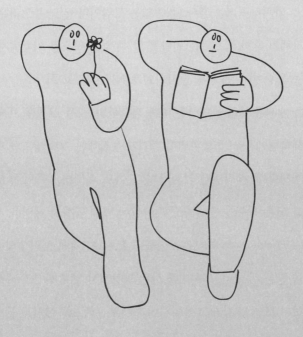

들국화 컴백 콘서트의 제목을 짓다

카피라이터는 혼자 할 수 없는 직업이다. 일단 광고라는 것 자체가 혼자 힘으로는 뭔가를 할 수 없는 구조로 이루어져 있는 직종이다. 맨 처음 클라이언트_{광고주}가 광고 회사 AE^{Account Executive}를 불러서 원하는 바를 전달하면 AE는 그걸 듣고 와서 제작팀에 다시 설명하면서 자기가 생각하는 기획 방향을 함께 제시한다. 제작팀엔 카피라이터, 아트 디렉터, PD 등이 있고 그 모든 직종을 총괄하고 제작물에 대해 끝까지 책임을 지는 CD^{Creative Director}가 있다. 이들이 모여 AE에게 오리엔테이션을 받은 뒤 여러 번 회의를 하는 과정에서 찧고 까불고 싸우고 하다 보면 몇 갈래의 아이디어가 나오는데 그중에서도 끝까지 살아남는 하나의 고갱이가 감독과 스태프들을 만나 비로소 새로운 광고로 완성되는 것이다.

그런데 프리랜스 카피라이터의 경우는 좀 다르다. 물론 프리랜스 카피라이터도 광고주나 대행사 직원들과 함께 작업을 한다. 그러나 프리랜서라는 타이틀을 걸고 있는 사람이므로 광고 회사가 생각하지 못하는 뭔가를 더 생각해 주기를 원하기 마련이다. 그래서 일을 시킨 CD의 입장에서는 첫 회의 시간에 뭔가 그럴듯한 방향성이나 카피를 가져와야 외부 인력을 쓴 보람이 생기기 마련이고 그걸 잘하는 사람만이 프리랜서로 오래 살아남는다.

회사를 그만두고 프리랜스 카피라이터로 지내다가 아내를 만났다. 출판 기획자인 아내는 내가 무슨 일 하나를 맡으면 하루 종일 거기에서 헤어나지 못하는 걸 좀처럼 이해하지 못했다. 어차피 하루 종일 일하지도 못하면서 왜 그렇게 괴로워하느냐는 것이다. 아내도 그때는 출판사에 다니고 있었지만 책상에 앉아 있을 때가 아니면 일이 진전되지 않기 때문에 퇴근 시간 이후에는 현업은 잊고 다른 걸 기획하거나 정신적으로 쉬면서 지낸다는 것이었다. 물론 성격의 차이일 수도 있겠지만 우리는 그렇게 함께 있는 일상 속에서도 약간은 다른 방식의 삶을 살아가고 있었다.

그날도 나는 뭔가 바쁜 프로젝트가 있어서 거실 탁자에 앉아 끙끙대며 기획서를 쓰고 있었고 아내는 안방에서 TV를 보고 있었는데, 대학생 때 학교 방송반 일을 하며 내가 다닌 서클 뚜라미와도 친분이 두터웠던 K에게서 갑자기 전화가 왔다.

K: 형, 나 부탁이 있는데.

성준: 응, K야. 뭔데?

K: 들국화 콘서트 제목 좀 지어줘요. 지금 들국화 형님들이랑 같이 앉아 있는데 다들 좋은 제목이 안 떠올라서 괴로워하고 있어요.

당시 K는 '들국화컴퍼니'라는 회사의 대표를 맡고 있었는데 얼마 후 열기로 한 들국화 컴백 콘서트의 제목을 아직 정하지 못했다는 것이다. 아니, 어렸을 적 나의 우상이던 들국화의 콘서트라니! 나는 당장 팬심이 작동했고 들국화 콘서트의 제목을 짓고 싶은 욕심에 벌써부터 가슴이 두근거렸다. 그런데 그때 나는 그 일을 하기엔 너무나도 바빴다. 하필이면 이럴 때. 아, 어떡하지? 그때 안방에서 놀고 있는 아내가 생각났다.

그래, 책 기획자이고 이상한 아이디어도 잘 내는 아내니까 어쩌면 나보다 나을지도 몰라. 더구나 아내도 들국화의 열렬한 팬 아니던가. 당장 아내를 불러 전후 사정을 설명했고 시간이 급하니 당신은 얼른 안방으로 다시 들어가 TV를 끄고 들국화 콘서트 제목을 지으라고 했다. 한 시간 후에 보자며 아내를 안방으로 몰아넣은 나는 홀로 거실에 남았다.

당장 급한 일을 해야 했지만 아내에게만 맡겨두고 있을 수 없어서 나도 몇 가지 네이밍을 해보았다. 정확히 한 시간 후 아내가 나왔다. 생각한 제목은 딱 한 개. '다시, 행진!'이었다. 오래 멈추었던 들국화가 다시 활동을 시작함을 알리는 콘서트이고 마침 그들의 노래 중 <행진>이라는 곡이 있으니 '다시, 행진!'이라는 것이었다. 괜찮았다. 나는 내가 쓴 것까지 합쳐서 급하게 후보 안들을 추리고 한 줄짜리 기획 방향 설명을 붙여서 K에게 보냈다.

"K야, 아무래도 내일 생각할 틈이 없을 거 같아 지금 급하게 몇 가지 아이데이션을 했다. 방향성 점검해서 내일 피드백 다오. 좋든 나쁘든 연락은 한 번 다오. 무반응이 제일 힘 빠져."

1 '다시, 행진!' —> 강력 추천!

2 '클래식은 새롭다!' —> 들국화라는 거대한 상징의 현재성

3 '한 송이 들국화' —> 서정주 시인의 <국화 옆에서>를 패러디

4 'Beyond Legend, 들국화' —> 전설을 넘어 현재 진행형으로 부활하는 들국화의 위상과 비전

5 '욕망해도 괜찮아, 들국화라면!' —> 시대의 화두를 던지는 책 제목에서 힌트

조금 후에 K에게서 연락이 왔다. "형, 첫 번째가 제일 좋아요. 형님들한테 보여줬더니 다들 그게 제일 좋다네." 나도 같은 생각이었다. 어떤 분야에서든 모두 좋다고 하는 건 다 그럴 만한 이유가 있어서인 모양이다. 그렇게 해서 열린 들국화의 컴백 콘서트 <다시, 행진!>은 전회 매진을 기록했다. 나는 사전 예약으로 완전 매진된 공연임에도 불구하고 K에게 사이드석 티켓을 여섯 장이나 얻어서 우리 결혼식의 주례를 서준 J 씨를

비롯한 아내의 친구들과 함께 그 공연을 관람했다. 카피라이터보다 제목을 잘 짓는 아내를 둔 덕분에 생긴 티켓이므로 아내의 친구들과 함께 공연을 보는 것은 너무나 당연했다.

들국화의 경우와 반대로 내가 아내의 일을 도와준 적도 있다. 아내가 조중걸 선생에게 철학 공부를 할 때 알게 되어 친하게 지내던 가수 김현성이 책을 낼 때의 일이다. 가수였지만 문학과 철학을 좋아했고 나중에 한국예술종합학교에 들어가 본격적으로 글쓰기를 전공하기도 했던 김현성이 틈틈이 써놓은 에세이와 여행기를 합친 글을 아내에게 보내왔다고 한다. 아내는 내게도 초고를 건네면서 책 제목을 좀 생각해 보라고 했다. 찬찬히 원고를 읽어보니 이건 그냥 에세이가 아니라 자신이 좋아하는 화가 조토와 작가 에밀 졸라의 발자취를 따라 떠나게 된 유럽 여행기였다. 글을 읽어나갈수록 '우리는 왜 여행을 하는 걸까'라는 화두를 곱씹게 되었다. 누구나 외롭기 때문에 여행을 하는 건 아닐까. 나는 틈날 때마다 책의 제목에 대해 생각했고 며칠 뒤 메모한 아이디어들을 아내에게 보여주었다.

1 당신들처럼 나도 외로워서

2 이제 너의 이야기를 들려줘

3 떠나지 않으면 돌아올 수도 없어

4 세상에서 가장 좋은 학교: 여행

—당신의 패스포트는 세상에서 가장 좋은 학교의 학생증이다

5 더 좋은 선택

아내는 휙 훑어보더니 "첫 번째가 제일 좋네"라고 대수롭지 않게 말하며 출근을 했고 며칠 후 내가 제시한 제목 중 하나가 기획 회의에서 통과되었다고 말했다. 이어 작가인 김현성이 '당신들처럼 나도 외로워서'에서 '들'이라는 글자만 빼면 어떻겠느냐고 했다는 소식도 들렸다. 물론 나는 흔쾌히 동의했다.

관심사가 비슷하다 보니 아내와 나는 이렇게 가끔 서로의 일을 도와주는 역할을 하기도 한다. 그때뿐 아니라 지금도 이런저런 제목들을 짓는다.

전에 살던 동네에서 친하게 지내던 신화슈퍼마켓 사모님

이 치킨집을 낸다고 할 때 남편의 성을 따서 '닭터오치킨'이라는 가게 이름을 지어주기도 했고, 친환경 농산물을 판매하려는 아내 후배가 놀러 와서 회사 이름을 못 지었다고 하길래 즉석에서 'BEE BACK'이라는 네이밍을 해주기도 했다. 그 친구가 자신의 사업을 설명하면서 "사라졌던 벌이 다시 돌아오면 그만큼 환경이 좋아졌다는 증거"라고 했던 말을 듣고 떠올린 네이밍이었다. 물론 영화 <터미네이터>의 그 유명한 대사 "I'll be back" 때문에 발음이 친숙하다는 점도 작용했다. 이렇게 회사를 그만두어도 새로운 아이디어를 내거나 이름을 짓는 일은 계속하게 된다. 힘들지만 그만큼 보람도 있고 재미가 있기 때문이다.

욕실에서 건진 생각들

    내가 좋아하는 우리나라 광고 중 하나가 인테리어 회사인 대림바스의 '욕실을 바꾸다' 편이다. 오래전에 만들어진 광고인데 지금 다시 봐도 욕실을 재해석한 카피의 접근은 신선하고 놀랍기만 하다.

    사람들이 눈을 뜨면 가장 먼저 가는 곳

    아이가 생긴 것을 처음 알게 되는 곳

    새로운 아이디어를 얻는 곳

    울고 싶을 때 달려가는 곳

    하지만 사람들이 그 가치를 모르는 곳

    욕실은 가장 아름다운 방이어야 합니다

욕실을 바꾸다

대림바스

　이 광고가 말하는 것처럼 우리는 하루를 욕실에서 시작하고 욕실에서 끝낸다. 나도 욕실에 들어가 양치나 샤워를 하면서 문득 새로운 생각을 떠올릴 때가 많았다. 얼마 전 욕실에 들어가 변기 위에 앉아 일본 소설가 마루야마 겐지의 새 책을 읽다가 생각했다. 아, 나는 왜 욕실에서조차 뭔가를 읽고 있는 걸까. 이것도 하나의 강박 아닌가. 현대인은 시간을 허투루 흘려보내면 안 된다는 의식을 머리에 새기고 살기에 이렇게 틈만 나면 책이나 스마트폰을 끼고 사는 것은 아닐까. 이런 생각이 앞뒤 없이 필름처럼 챠르르 챠르르 돌아갔다. 나는 욕실에서 나오자마자 책상 앞에 가서 급히 그 생각들을 메모했다. 그리고 포스트잇을 꺼내 볼펜으로 '천천히 사랑하고 천천히 죽읍시다'라고 써보았다. 떠오른 생각을 놓치지 않았더니 그다음부터는 펜이 저절로 움직이는 것 같았다.

천천히 사랑하고 천천히 죽읍시다

아침에 일어나 화장실에서

책을 읽다가 생각했습니다.

화장실에서 일만 보면 안 되는가,

나는 왜 화장실에서도

책이나 스마트폰을 들여다봐야 하는가?

마음이 바빠서 그렇습니다.

바쁜 게 아주 몸에 배서 그런 겁니다.

내가 제일 좋아하는 시간은

천천히 책을 뒤적이면서

음악도 들으면서

아내가 물으면 대답도 하면서

밑줄 긋고 메모도 하며 노는 건데

그게 왜 그렇게 힘이 들까요?

지금처럼 시간을 아껴 살면

돈을 더 많이 벌게 될까요,

사회적 지위가 더 높이 올라갈까요?

돈을 더 벌고 싶어서가 아니라

더 높이 올라가고 싶어서가 아니라

그저 뒤로 밀려나지 않으려고

이런다는 거 잘 압니다.

그런데 정말 이렇게 안 살면

우리는 뒤로 밀려날까요?

비참하게 죽게 될까요?

아닙니다.

제가 해봤는데

(내가 해봐서 아는데, 하하!)

절대 그렇지 않아요.

우리가 평생 하는 일이 뭘까요?

사랑하고 죽는 것.

가장 확실한 것 하나는

우리 모두 반드시 죽는다는 거죠.

그렇다면 죽기 전에 할 일이

사랑밖에 더 있습니까.

이렇게 산다고

더 버는 것도 아니고

더 올라가는 것도 아니라면

사랑이나 실컷 하다가 죽읍시다.

사람, 그렇게 쉽게 죽지 않아요.

겁내지 말고 게을러집시다.

천천히 사랑하고

천천히 죽읍시다.

화장실에 앉아 잠시 했던 생각이 한 편의 짧은 글로 탄생했다. 나는 이 글을 내가 연재하는 브런치의 '공처가의 캘리' 페이지와 페이스북 담벼락에 올렸다. 욕실에서 문득 떠오른 생각이 그냥 허공으로 흩어지지 않고 나름의 완성도를 가지는 모습을 다른 이들과 함께 느끼고 싶어서였다.

나는 20년이 넘도록 카피라이터로 일했다. 지금은 광고 일을 떠난 상태지만 새로운 아이디어에 대한 갈망은 이 글을 쓰고 있는 지금도 변함이 없다. 탤런트 최진실이 생전에 했던 인터뷰에서 "집에 혼자 있어도 대사를 외우려면 욕실 같은 곳으로 들어가게 된다"고 말하던 게 생각난다. 욕실은 늘 새로운

생각을 주는 고마운 곳이다. 다행이다. 앞으로도 내 곁에는 늘

욕실이 있을 테니까.

자전거 위에서 건진 카피들

꽤 오랫동안 자전거를 타고 출퇴근을 했다. 가락동에서 혼자 살 때 신사동까지 타고 다닌 적도 있고 성수동에서 논현동까지 다닌 적도 있다. 내가 타던 자전거는 140만 원짜리 홍콩제 미니 벨로였는데 5년 정도 타다가 성북동 산동네로 이사를 오면서 버렸으니 본전은 뽑은 셈이다. 자전거 라이더들은 잘 알겠지만 자전거도 생각보다 속도가 빠르고 과격한 교통수단이라 잘못하면 크게 다칠 수 있다.

하루는 자전거를 타고 밤늦게 퇴근을 하다가 학동사거리 횡단보도에서 피자 배달하는 오토바이에 치일 뻔했다. 잠깐이지만 아찔한 순간이었다. 오토바이 아저씨랑 눈이 마주쳤다. 짧게 스쳤지만 미안한 눈빛이었다. 저 사람도 원래 성질이 급하거나 나를 해칠 마음이 있어서 그런 건 아닐 텐데 하는 생각이 들었다. 그때 무슨 아이디어가 희미하게 떠오르길래 횡단보도를 건너자마자 얼른 스마트폰을 켜고 녹음을 했다. 그리고 다음 날 아침 회사에 가서 그걸 다시 들으며 손 가는 대로 휘리릭 카피를 써보았다.

1분 더 늦게 오는 피자

뭐든지 빨라야 미덕인 세상이라지만

저희는 오히려 속도를 줄이기로 했습니다.

이름하여 1분 더 늦게 오는 피자~

1분씩만 배달 속도를 늦춰도

오토바이 교통사고의 35%를 줄일 수 있다는

연구 결과가 있습니다.

피자를 기다리시는

손님의 마음도 중요하지만

배달원의 안전도 중요하기에~

1분만 더 기다려주십시오.

당신이 기다려주신 1분으로

배달원의 행복과 안전까지 담긴

맛있는 피자를 만들겠습니다.

1분이 만든 따뜻한 맛~

○○○피자

당장 피자 회사에 보낼 수 있는 건 아니었지만 그냥 이런 카피를 써보고 싶었다(배달 사고를 줄일 수 있다는 연구 결과 퍼센티지는 내가 지어냈다). 기업은 제품이나 서비스를 팔아서 이윤을 창출하는 게 가장 큰 존재 이유지만 한편으로는 소비자를 위해 '공익적인' 메시지를 전달해야 할 의무도 있으니까.

언젠가는 그런 마음을 기업에 전달할 기회가 오지 않을까 하는 마음에 또 써본 게 '빼빼로 데이'에 대한 짧은 글이었다. 빼빼로 데이는 제과 회사에서 만들어낸 것이 아니라 소비자들 사이에서 저절로 생겨난 단어이기에 모기업인 롯데의 자부심은 엄청나다. 당연히 해마다 11월 11일 즈음엔 엄청난 광고가 집행된다. 이젠 광고가 없어도 그날이 되면 편의점 매대에 빼빼로가 산더미처럼 쌓이고 연인이나 식구들은 알아서 과자 선물을 챙길 정도다. 나는 제과 회사에서 역발상을 발휘해 11월 11일이 '빼빼로 데이'만은 아니라는 사실을 소비자에게 전달한다면 어떨까 하는 생각에 '빼빼로, 농부, 장애인'이라는 짧은 글을 썼다.

빼빼로, 농부, 장애인

롯데제과에게 빼빼로 데이는 중요한 날입니다. 이 기념일은 기업 측에서 유포한 게 아니라 소비자들 사이에서 자생적으로 만들어진 날이라 더 자랑스러워하는 자산이기도 하죠. 이제 11월 11일이 빼빼로 데이라는 걸 모르는 사람이 거의 없습니다.

그래서 드리는 말씀인데 한 번쯤은 "11월 11일은 농업인의 날입니다. 지체장애인의 날이기도 하고요. 롯데 빼빼로가 알려드렸습니다" 같은 광고를 내보내면 어떨까요. 새로 온에어 된 빼빼로 광고를 보고 오늘 아침에 문득 든 생각입니다. 물론 기업의 입장에서는 매우 받아들이기 힘든 아이디어겠지만요.

이 글을 페이스북 타임라인에 올렸더니 많은 이가 공감해
주고 이 기업과 인연이 닿는 홍보 회사 대표님의 경우엔 아이
디어를 직접 전달해 보겠다고 하셨지만 끝내 실제 광고로 만
들어지지는 못했다. 그래도 실망하지 않는다. 적어도 이 글을
읽은 사람들은 11월 11일에 대해 조금 다른 생각을 갖게 되지
않았을까 하는 마음이 들어서다. 아니면 최소한 이 글이 '당연
하다고 생각했던 일도 살짝 뒤집어보면 다른 의미가 생긴다'
는 걸 깨닫게 하는 계기라도 되었다면 그것 또한 뿌듯한 일일
테니까.

어느 날 친구 하나가 꽤 오래 아팠는데 병문안 한 번 가지
못한 게 미안해서 전화를 걸었다. 못 가봐서 미안하다고, 이젠
아프지 말라고. 그러면서 '병문안이라는 게 꼭 병원이나 집으
로 찾아가야만 하는 것일까'라는 생각이 들었다. 그 생각은 '어
쩌면 우리는 모두 약간의 난치병이나 약간의 정신병을 갖고
있는지도 모른다'라는 생각으로 이어졌다.

문병

엄밀하게 말해서 사람들은 모두 환자다.

가벼운 감기부터 고혈압, 당뇨, 비만,

스트레스…… 하다못해 어린 마음을 할퀴고

지나가는 가벼운 상사병까지.

그중에서 조금 더 아픈 사람들은

병원에 가거나 입원을 하고

덜한 사람들은 그냥 참고 견디며

하루하루를 살아낸다.

우리는 모두 난치병 환자이거나

또는 약간의 정신병자다.

그러니 오늘 당장

친구에게 문병을 가라.

입원한 친구는 병원으로 찾아가고

그냥 아픈 친구는 술집으로 찻집으로

불러내서 따뜻하게 위로하라.

우린 모두 서로에게

문병할 의무가 있다.

그게 사는 거다.

쓰고 싶은 글은 자전거를 타다가도 과자를 먹다가도 떠오른다. 하지만 귀찮아서 그걸 기억하거나 메모해 놓지 못해 번번이 허공으로 날려버린다. 그래서 요즘은 무엇인가 떠오르면 스마트폰에 한 글자라도 써놓으려 노력을 하는 편이다. 나는 원할 때마다 영감이 떠오르는 천재가 아니라는 것을 너무나 잘 알고 있기 때문이다.

처음부터 잘 쓰는 사람은 없다

카피라이터라는 직업은 쉽게 말해 TV나 라디오, 잡지, 인터넷, 극장 등에서 나오는 광고에 등장하는 모든 말이나 글을 쓰는 사람이라 생각하면 된다. 그런데 TV 광고는 15초·30초, 라디오 광고는 20초·40초 등 시간이 정해져 있기 때문에 정해진 초 수 안에 전달하고 싶은 내용을 효과적으로 구현하는 능력이 절대적으로 필요하다. 당연히 짧은 글을 쓰는 테크닉이 중요하다. 처음 회사에 들어갔을 땐 카피라이터 선배들이 쓰는 카피를 보면 정말 감탄이 절로 나왔다.

어떻게 저렇게 멋진 카피를, 저리도 알기 쉽게 쓸 수 있을까. 나도 경험이 쌓이면 저런 카피를 쓸 수 있을까.

카피라이터는 많은 사람과 협업을 해야 하는 직업이다. 캠페인 콘셉트와 제작물 전반에 대해 최종 책임을 지는 CD, 비주얼을 책임지는 아트 디렉터, CM 제작의 프로세스 전반을 관장하는 PD, 광고주와 제작팀을 연결하고 커뮤니케이션 방향을 제시하는 AE 등 하나의 광고를 만들기 위해서 꼭 만나야 할 사람은 정말 많다. 이렇게 서로 다른 직업을 가진 사람들이 회의실 테이블 앞에서 몇 날 며칠 머리를 맞대고 아이디어를 짜내야 겨우 하나의 광고가 만들어진다. 그런데 그중 카피라이터의 역할이 비교적 큰 분야가 바로 라디오 CM이다. 라디오 광고는 오로지 소리로만 메시지를 전달해야 하기 때문에 아이디어부터 CM 구성에 이르기까지 카피라이터의 역량이 가장 많이 요구되는 매체다. 그래서 카피라이터들은 시안이 통과한 뒤 녹음실에 가서 성우나 녹음 기사들을 만나기 전까지 책상에 앉아 끙끙대면서 썼던 카피를 또 쓰고 지우기를 반복한다.

광고를 공부하면서 접했던 라디오 CM 카피 중 가장 기억에 남는 것은 일본 위스키 산토리의 '각' 시리즈였다. 아마도 병이 각진 모양이라 그런 이름이 붙은 것 같았는데, 짧은 글 속에 들어 있는 스토리텔링이 기가 막혔다.

산토리 각 Radio CM

아버지는 매일 밤 위스키를 마셨다.

산토리 각병을 마셨다.

글라스로 두 잔, 석 잔. 그 당시 소박한 생활 속에서도

각병은 아버지에게 진기할 정도의 사치였다.

"멋있는 자전거를 갖고 싶어요."

어느 날 난 아버지를 졸랐다.

멋지게 반짝이는 자전거는 1만 6천 엔,

당시 아버지 월급의 반을 넘었을 게다.

(효과음) 자전거 벨 소리, 기뻐하는 아이의 목소리

그때부터 아버지는 아주 오랫동안 위스키를 끊었다.

그 빛나는 자전거와 맞바꾼 격이 된

아버지의 위스키를, 나는 아직도 기억하고 있다.

(내레이션) 그 당시엔 아버지의 위스키

지금은 나의 위스키, 산토리 각

예전에 아버지가 마시던 위스키를 어른이 된 아들이 지금
마시면서 새 자전거에 얽힌 추억을 되살리는 이 CM은 산토리

각이라는 술이 얼마나 오랫동안 일본 남자들에게 사랑받아왔고 지금도 사랑받고 있는지를 잘 보여주는 감성 풍부한 카피였다.

　물론 모든 라디오 CM 카피가 이렇게 다 감성적이기만 한 것은 아니다. 제품의 성격이나 광고 목적에 따라 '톤 앤 매너'나 내용은 얼마든지 달라질 수 있다. 내가 초년병 시절에 처음 썼던 라디오 CM 카피는 소화제 훼스탈이었다. 광고주는 훼스탈이라는 제품이 외국산 소화제보다 한국인의 식생활을 더 잘 이해하고 우리나라 음식들도 더 빠르게 소화시킨다는 장점을 말해 주고 싶어 했다. 그러나 국민 건강과 밀접한 관계가 있는 제약 광고는 심의가 까다로워서 소화가 잘된다는 표현을 직접적으로 할 수 없다는 게 함정이었다. 그야말로 제약 광고는 제약이 많은 광고였던 셈이다. 나는 고민에 고민을 거듭하다가 '끝말잇기 게임'으로 우리나라 음식들을 짧은 시간에 많이 등장시키는 방법을 생각해 냈다.

한독약품 훼스탈 Radio CM

(효과음) 똑딱똑딱……(시계침 움직이는 소리)

여: 갈비탕!

남: 탕수육!

여: 육개장

남: 장국

여: 국수!

남: 수육

여: 육회!

남: 육회? 회, 회…… 훼스탈!

여: 뭐, 훼스탈?!

남: 이렇게 많이 먹었으니까 훼스탈이지!

여: 하하…… 이런 엉터리

(내레이션) 한국인의 소화제

훼스탈

결과는 대만족이었다. 광고주는 까다로운 제약 심의를 피해 가면서도 '한국인의 소화제'라는 제품 콘셉트를 잘 설명한 이 카피를 낙점했다. 얼마 후 광고가 온 에어 된 걸 미처 모르고 택시를 탔던 나는 라디오에서 흘러나오는 훼스탈 광고를 듣고는 너무나 신기해서 소리를 질렀다.

"아저씨, 지금 나오는 광고 제가 만든 거예요!"

영문을 몰라 하던 기사 아저씨도 내 설명을 듣고는 광고 내용이 재미있다면서 칭찬을 해주셨다. 물론 그 후로도 계속 카피라이터로 일하면서 수많은 라디오 광고 카피를 썼지만 훼스탈 광고만큼은 잊을 수가 없다.

라디오 광고는 말과 소리만으로 제품이나 기업을 소비자와 연결해 준다. 물론 상업적 메시지이지만 카피라이터의 머리와 손을 통해 기업의 생각을 전하는 것이기도 하다. 그래서 카피가 중요하다. 나도 초년병 시절엔 서툴렀지만 시간이 흐르면서 점점 테크닉도 늘고 통찰력도 어느 정도 생겼다. 그러나 이제 광고 회사를 안 다니니 카피 실력은 줄었을 것이다. 글이든 광고든 분야는 달라도 본질은 똑같다.

처음부터 잘하는 사람은 없다. 누구든 잘하고 싶은 사람은 꾸준히 열심히 하는 수밖에 없는 것이다.

커피가 착해서 커피에 반하다

광고는 수명이 짧다. 아무리 화제가 됐던 광고라도 유행이라는 건 금방 변하기 마련이어서 사람들의 머릿속에 오래 남아 있기 힘들다. 그런 면에서 기업의 슬로건이나 캐치프레이즈를 쓰는 일은 광고 한 편을 만드는 일보다 의미가 있다고 할 수 있다. LG의 전신인 금성의 '순간의 선택이 십 년을 좌우합니다'나 애플의 'Think different', 문재인 대통령의 '사람이 먼저다' 같은 슬로건은 시간이 지나도 사람들의 가슴에 속담이나 격언처럼 남아 있게 된다.

물론 표어나 캐치프레이즈를 만드는 일은 쉽지 않을뿐더러 마음대로 되지 않는 경우가 허다하다. 그런 의미에서 '커피에 반하다'라는 가성비 좋은 원두 커피 매장의 브랜드 슬로건을 만든 과정은 매우 흐뭇한 기억으로 남아 있다. 당시 다니던 회사에서 후배들이 모여 그 브랜드의 TV 광고 아이디어를 멋지게 만들어놓고도 슬로건이 좀 약한 것 같아 고민이라며 내게 도움을 청했다. 나는 회의실에 앉아 하루 종일 '커피에 반하다'라는 제목을 뚫어지게 쳐다보다가 허진호 감독의 영화 <봄날은 간다> 포스터를 떠올렸다. 그 영화의 메인 카피는 영화 제목을 이용해서 만든 '사랑이 이만큼 다가왔다고 느끼는 순간 봄날은 간다'였는데 나는 이 방법론을 그대로 빌려와 '커피가 착해서 커피에 반하다'라는 슬로건을 써보았다. 문장 안에 브랜드명이 들어가 있으면서도 의미를 해치지 않아서 괜찮아 보였고 클라이언트도 만족스럽다고 하는 바람에 별 수정 없이 브랜드 슬로건으로 안착하게 되었다.

카피나 슬로건을 쓸 때 역시 아무것도 없는 백지 상태에서 갑자기 뭐가 튀어나오진 않는다. 다른 곳에서 베끼고 짜깁기하는 건 창조의 기본이다. 스티브 잡스도 애플 맥북을 출시할 때 케이블이 발에 걸려 노트북이 바닥으로 떨어져 파손되는 경우가 생기자 일본 전기밥솥의 아이디어를 가져와 자석으로 붙어 있던 전원 부분이 쉽게 떨어지도록 만들고 맥세이프 Magsafe라 이름 붙이지 않았던가. 나도 그때 <봄날은 간다>라는 영화 포스터가 떠오르지 않았다면 그 슬로건을 쓸 수 없었을 것이다. 지금은 광고 회사를 안 다니지만 어쩌다 시내에 나가 누군가와 이야기를 나누다 이 커피숍을 만나면 괜히 반갑다. 가게 벽에 큰 글씨로 쓰여 있는 '커피가 착해서 커피에 반하다'라는 문장을 가리키며 "저거 내가 쓴 거예요"라고 하면 정말이냐며 깜짝 놀라는 사람이 많다.

'SMART'를 끄고 'BE STUPID'

광고 회사에서 카피를 쓰는 동안 정말 많은 광고를 봐왔지만 가장 기억에 남는 거 딱 하나만 꼽아보라고 하면 이탈리아 패션 브랜드 디젤DIESEL의 'BE STUPID' 캠페인을 들고 싶다. 다들 스마트를 외치는 시대에 도리어 멍청해지자고 외치는 청개구리적 발상이 너무 신선해서 그렇다.

철제 사다리를 놓고 올라가 티셔츠를 걷어 올린 뒤 제 가슴을 감시 카메라 앞에 들이대는 소녀가 있다. 이게 무슨 황당한 짓이란 말인가 하는 생각이 드는 순간 오른쪽에 핑크색으로 꽉 채운 카피가 보인다. 'SMART MAY HAVE THE BRAINS, BUT STUPID HAS THE BALLS.' 똑똑한 사람들은 두뇌를 가지고 있지만 멍청한 애들은 배짱이 있다는 뜻이다. 가뜩이나 그

림도 도발적인데 카피에서 배짱을 뜻하는 속어 'Balls'를 여자 아이 사진에 붙인 건 더 짓궂은 대목이다. 그리고 오른쪽 아래를 보면 'BE STUPID', 즉 '멍청해지라'는 브랜드 슬로건이 보인다. 이 회사는 청바지의 품질이나 만듦새보다는 그 옷에 들어 있는 반항 정신을 전파하는 데 힘을 쓰는 브랜드 철학을 가지고 있다.

이 광고를 처음 본 순간 나는 허먼 멜빌의 [필경사 바틀비]를 떠올렸다. 뉴욕 월가에서 필경사로 일하다가 어느 날부턴가 모든 업무를 거부하고 "안 하는 편을 택하겠습니다I would prefer not to"라는 말만 앵무새처럼 반복하던 어이없는 남자. 영문과를 다니는 동안 전공 과목에 별 흥미를 느끼지 못했던 나도 이 소설을 공부할 때만큼은 너무나 재밌고 가슴이 찡했던 기억이 새롭다. 그때 우리를 가르쳤던 교수님은 정말 이 소설의 광팬이라서 한 학기 내내 바틀비 얘기만 했다. 히피들도 바틀비의 추종자가 아니었을까 하는 생각이 든다. 비록 주어지는 음식조차 거부하고 외롭게 죽어갔지만 수동적인 반항아 바틀비는 지금도 아웃사이더들의 가슴속에 살아서 커다란 울림을 주고 있으니까.

생각해 보면 나도 회사를 그만두지 않고 계속 다니는 게 백 번 현명한 일이었다. 회사를 다니면서 대학원도 다니고 경력 관리도 좀 더 신경 써서 남들처럼 승진을 꿈꾸거나 야심 차게 독립을 해야 했다. 그러나 그렇게 하고 싶지 않았다. 나에게 성공이란 '인정받는 광고인'이 되는 것인가 여러 차례 자문해 보았지만 그때마다 내 속에선 그렇지 않다는 대답이 흘러나왔다. 마음이 시키지 않는 일을 계속하며 살 수는 없었다. 그래서 두렵지만 다른 길을 택했다. 부부가 둘 다 회사를 그만두고 놀면서 한옥이나 고치고 있는 모습이 사람들에게 무모하고 어리석게 비칠까 봐 겁이 났고 그건 지금도 마찬가지다.

그러나 아직은 모른다. 뉴욕 양키스의 전설적인 포수 요기 베라의 그 유명한 말처럼 끝날 때까지는 끝난 게 아니다. 지금 밖에는 엄청난 장맛비가 내리고 있다. 코로나19 때문에 누구나 상상하지 못하던 어려움을 똑같이 겪는 시대가 되었다. 어차피 세상은 달라질 것이다. 그러니 조금 더 이런저런 궁리를 해보며 즐겁게 버텨볼 생각이다. 아내와 나는 이미 스마트를 끄고 '스튜피드' 스위치를 올린 사람들이니까.

고지식한 책 읽기

좋아하는 작가가 새 책을 출간한다는 소식을 들으면 바로 인터넷으로 주문해서 읽는 경우도 있지만 약간 기다렸다가 일부러 천천히 구입할 때도 있다. 그의 글을 너무 좋아해서 약간의 준비 기간이 필요하다고나 할까. 정말 말도 안 되는 변명 같지만 평론가 신형철의 새 책을 구입할 땐 늘 내 마음이 그렇다.

어느 날 점심시간에 서점에 가서 벼르고 있던 신형철의 산문집 [슬픔을 공부하는 슬픔]을 집어 들었다. 그리고 한참을 망설이다가 다시 내려놓고 나왔다. 그날 산 다른 책들과 신형철의 책을 번갈아 가면서 읽고 싶지 않아서이기도 했고 신형철의 책을 읽으면서 다른 책들을 같이 읽을 자신이 없어서이기도 했다. 그만큼 신형철의 문장들은 밀도가 높다. 그리고 무엇보다 결정적인 이유는 책의 목차를 펼쳤을 때 1부의 첫 번째 단락이 '당신의 지겨운 슬픔 — <킬링 디어>가 비극인 이유'였기 때문이었다. 좋다는 소문은 들었지만 나는 이 영화를 극장에서 놓쳤던 것이다. '어떻게 맨 처음 나오는 글부터 텍스트의 내용을 몰라 공감대가 전혀 없이 책을 읽을 수가 있겠는가'라는 고지식한 이유에서 나는 당장의 독서를 포기했다.

영화 <킬링 디어>(요르고스 란티모스, 2017)를 다운로드해 노트북으로 보았다. 굉장한 영화였다. 아르테미스와 아가멤논에 얽힌 고대 그리스 신화를 현대적으로 해석해 놓은 차갑고 상징적이며 현대적인 이 영화는 겉으로는 복수극을 표방하고 있지만 사실은 '딜레마'에 대한 내용이었다. 외과 의사인 스티븐 곁으로 마틴이라는 소년이 맴돈다. 처음엔 그 둘이 무슨 사이인지 관객은 알 수가 없는데 차차 대화가 이어지면서 스티븐이 예전에 수술을 하다가 실수로(아마도 술을 마신 채 수술을 하다가) 마틴의 아버지를 죽였음이 밝혀진다. 스티븐은 죄의식과 측은지심으로 마틴에게 매우 친절하고 다감하게 대해 주지만 마틴은 그 정도로는 곤란하다고 말하며 더 큰 것을 요구

한다. 네가 내 가족을 죽였으니 나도 네 가족을 죽여야겠다는 것이다.

　마틴에게는 저주의 능력이 있었다. 스티븐의 아들 밥에게 하체 마비가 오더니 딸인 킴에게까지 똑같은 증세가 나타났다. 이제 그들은 피눈물을 흘리다 죽게 된다고 말하는 마틴. 해결 방법은 스티븐이 자신의 가족 중 한 명을 직접 죽여야 하는 것뿐이란다. 그렇지 않으면 아들과 딸, 아내까지 세 명이 모두 죽는다. 망설이는 것은 더 큰 비극을 부르는 옵션일 뿐이다. 이제 중요해진 것은 마틴이 가진 초능력이 아니라 그로 인해 아무 잘못도 없이 죽어야 하는 스티븐 가족의 입장이 되어버렸다. 가장 고전적인 복수란 무엇인가. '눈에는 눈, 이에는 이' 아니던가. 그러나 타인의 슬픔을 내 아픔처럼 똑같이 이해하고 공감해서 기꺼이 상대의 복수극에 생명을 내어주는 것은 불가능하다. 신형철은 선택의 기로에 선 스티븐을 보며 "여기에는 고통이 있는 것이 아니라 고역이 있을 뿐이다"라고 말한다. 스티븐은 어떻게 해야 할까. 더 이상 다른 방법이 없음을 알게 된 가족들은 목숨을 건지기 위해 스티븐에게 비굴하게 사정한다. 어차피 한 사람이 죽어야 하는데 그게 꼭 나일 필요는 없지 않느냐고.

이 책의 제목이 '슬픔을 공부하는 슬픔'이라고 붙은 것은 아내 신샛별 평론가의 조언 덕분이었다고 한다. 신형철이 슬픔에 대해 자주 생각하게 된 것은 2014년 4월 16일 때문이기도 하고 2017년 1월 23일 때문이기도 한데, 알다시피 전자는 세월호가 침몰한 날짜이고 후자는 아내가 수술을 받은 날짜였다는 것이다. 그는 앞으로도 살아가면서 슬퍼해야 할 일이 일어난다면 그 일이 다른 한 사람을 피해 가는 행운을 전혀 바라지 않는다고 말한다. 같이 겪지 않고는 서로의 슬픔을 이해할 수 없는데, 그 상황을 견디기 힘들기 때문이라는 것이다.

아내와 나는 몇 년 전 세월호 특별법 제정을 바라는 마음으로 24시간 금식을 한 적이 있다. 아무도 감시하는 사람은 없지만 우리는 24시간 동안 물 말고는 아무것도 먹지 않기로 했고, 정말 그렇게 했다. 때마침 아내에게 호텔 숙박권이 생겨 강원도 춘천에 있는 호텔에 갔지만 금식을 하는 바람에 가게나 시장에 가도 아무것도 할 게 없었다. 우리는 호텔 로비 옆 잔디밭에 앉아 책을 읽다가 돌아왔다. 우리가 하루를 굶은 것은 마음속에 있는 부채 의식을 덜어내기 위해서였지 세월호 유족들에게 그 마음이 가 닿기를 바란 것은 아니었다. 우리는 좀처럼 타인의 슬픔을 이해하지 못한다. 그래서 세월호 참사를 추모하는 사람들이 있는가 하면, '이제 지겨우니 그만해라'라고 얘기하는 사람들도 생겨나는 것이다. <킬링 디어>에서도 마찬가지다. 마틴의 원한과 억울함을 다른 등장인물들은 정확히 이해할 수 없다. 야멸찬 사람이어서가 아니라 인간은 원래 그렇게 생겨먹었기 때문이다. 신형철은 이 영화가 그 명제를 확인시켜주는 훌륭한 영화이므로 슬픈 작품이라고 말한다. 그래서 이 영화를 [슬픔을 공부하는 슬픔]이라는 책의 맨 처음 이야기로 등장시킨 듯하다.

아내에게 <킬링 디어>를 권했더니 자기는 사람 죽이는 영화를 잘 보지 못한다고 하면서 오히려 요르고스 란티모스 감독의 또 다른 영화 <더 페이버릿: 여왕의 여자>를 권했다. 둘 다 같은 감독의 작품을 한 편씩만 보았으니 언젠가는 둘 다 보고 서로 토론을 해봐야겠다.

두번산책

어렸을 때부터 건망증이 심했던 나는 가방이나 도시락, 수첩 등을 유난히 자주 잃어버리는 학생이었는데 이 버릇은 회사를 다니면서도 고쳐지지 않았다. 직장 생활 초년기에 자주 잃어버린 물건은 단연 수첩이었다. 스마트폰이 일상화하기 전까지는 카피라이터에게 수첩이나 메모장은 항상 지니고 다녀야 할 비장의 무기였다. 그런데도 걸핏하면 수첩을 잃어버리던 나는 어느 날 꾀를 내서 다이어리 뒷면의 이름과 전화번호 밑에 "주우신 분 전화하시면 현금으로 오만 원 드립니다"라거나 "습득하신 분 연락 주시면 미팅 및 부킹 주선해 드립니다"라고 장난스럽게 안내문을 써놨고, 놀랍게도 효과가 좋아서 잃어버린 다이어리를 몇 번이나 다시 찾을 수 있었다. 물론 너무 높게 책정한 사례금이 아까워서 그다음부터는 정말 잃어버리지 않도록 조심을 했지만.

　요즘은 가장 자주 잃어버리는 게 스마트폰이지만 그에 못지않게 자주 잃어버리는 품목이 바로 책이다. 나는 전철 안에서는 주로 종이 책을 읽는 편인데 책을 읽다가 내릴 정거장을 자주 놓치는 것이다. 그러다 보니 책을 읽다가도 고개를 들어 창밖의 정거장을 자꾸 쳐다보게 된다. 그러다 보니 또 책을 잃어버리는 경우가 생긴다. 로런 그로프의 [운명과 분노]를 두 번 산 것도 바로 그런 경우다. 출퇴근길에 전철 안에서 짬짬이 읽다가 100페이지쯤 읽었을 때 잃어버렸는데 전철 안에 놓고 내렸는지, 수영장 로커 옆에 두고 왔는지 알 수가 없었다. 아무튼 책이 눈앞에 아른거려서 도저히 견딜 수가 없었다. 서점에 가서 다시 책을 샀다. 책값이 16,500원이니까 나는 결국 33,000원짜리 이야기를 읽은 셈이다. 그래서 어땠냐고? 다시 사서 읽길 잘한 것 같다. 3월에 읽은 책인데도 나는 이미 이 작품을 '올해의 책'으로 정해 버렸으니까.

　로런 그로프는 무시무시한 작가다. 안 그렇게 생겼는데 글은 독하고 능숙하고 교활하다. 섹스 이야기도 많이 나온다. 마음에 딱 든다. 그리고 필력이 엄청나다. 글을 잘 쓴다는 건 시나리오 작가처럼 사건을 잘 짠다는 것과는 좀 다른 얘기다. 사건보다 중요한 건 그 모티브를 어떤 태도와 문체로 다루는가인데, 뛰어난 작가일수록 가장 고귀해질 수도 가장 저속해질 수도 있다. 셰익스피어가 그랬던 것처럼. 로런 그로프가 그렇다.

　말이 나와서 하는 얘긴데 이 책엔 셰익스피어의 대사가 많이 나온다. 그리고 그리스 비극 얘기도 여기저기 끊임없이 인용된다. 남자 주인공 로토가 셰익스피어 연극을 주로 하는 배우였고 나중엔 잘나가는 희곡 작가가 되기 때문이다. 스물두 살에 결혼하는 그의 아내 마틸드를 만난 것도 그가 햄릿 역을 했던 날의 일이다. 남녀를 가리지 않고 모든 사람에게 호의와 사랑을 받았고 원하기만 하면 모든 여자와 잘 수 있었던 로토는 아무와도 말을 섞지 않던 신비한 여신 같은 마틸드를 보자마자 사랑에 빠져 청혼하고 순식간에 결혼을 한다. 소위 '킹카'들의 갑작스러운 결합에 어이없어하던 친구들은 (여자들은 대부분 로토와 섹스를 했고 스리섬을 했던 여자들도 있다) 신혼 파티에 와서 그들의 결혼이 곧 깨질 것을 예상하며 "뭐, 첫 번째 결혼이니까"라고 배배 꼬인 속내를 드러낸다. 그러나 그런 바람과는 달리 두 사람은 로토가 죽기까지 무려 23년간 다른 사람을 넘보는 일 없이 결혼 생활을 영위한다.

뭔가 이상하지 않은가. 일찍 결혼한 남녀가 헤어지지도 않고 이십 년 넘게 함께 사는 얘기가 어떻게 흥미로운 소설이 될 수 있단 말인가. 여기서 로런 그로프라는 작가의 힘이 빛난다. 이 소설은 로토와 마틸드의 격하고 찬란한 사랑 이야기로 시작하지만 그 뒤엔 콜리와 에이리얼이라는 음습한 인물들이 숨어 있는 교활하고 잔인한 드라마다. 이 책이 심리 소설이었다면 왜 제목이 '운명과 분노'인지, 에이리얼과 마틸드의 비밀 거래는 두 사람의 결혼 생활에 어떤 영향을 미쳤는지 원인과 결과가 딱딱 들어맞는 이야기를 만들어놓았을 것이다. 이 책이 추리 소설이었다면 마틸드가 왜 스물여섯 살에 낙태를 하고 스물여덟 살엔 불임 수술을 하는 배신을 저질렀는지 밝혀내려 애쓸 것이다. 아니, 그보다 어렸을 때 정말 마틸드가 남동생을 계단에서 밀어 죽음에 이르게 한 게 사실인지부터 밝혀낼 것이다. 그러나 이 책은 문학 작품이다. 그것도 강력한 서사를 지닌 입체적인 문학 작품. 마침 이 책을 쓸 때쯤 로런 그로프는 셰익스피어와 그리스 비극을 탐닉하고 있었다고 한다. 그래서인지 이 책은 현대적인 결혼 생활을 소재로 삼았음에도 신화적인 구성과 고전적인 비극미를 함께 갖추고 있다.

백만장자의 아들로 태어나 반대하는 결혼을 했다는 이유로 어머니에게서 단 한 푼의 돈도 물려받지 못했지만 매력적인 외모와 비상한 두뇌를 소유했던 한 사내와 어릴 적 불운했던 과거를 분노라는 동력으로 맞서려 했던 속을 알 수 없는 여자의 결코 평범하지 않은 이야기. 존 스타인벡의 [에덴의 동쪽]이 연상되는, 마치 세상일을 모두 알고 있는 듯한 로런 그로프의 우아하고 오만한 문체와 폭발적인 서사는 좀처럼 이해하기 힘든 인생사와 인간의 단면을 활자의 힘만으로 능숙하고 위엄 있게 그려낸다.

그동안 누가 흥미진진하면서도 문학성까지 갖춘 소설을 추천해 달라고 하면 가네시로 가즈키의 [영화처럼], 아사다 지로의 [칼에 지다], 위화의 [허삼관 매혈기] 또는 [인생], 조너선 샤프란 포어의 [엄청나게 시끄럽고 믿을 수 없게 가까운], 주노 디아스의 [오스카 와오의 짧고 놀라운 삶], 조지수

의 [나스타샤] 등을 추천했는데 이제 한 권을 더 추천해야겠

다. 바로 로런 그로프의 [운명과 분노]다.

자기 비하와 마이너한 감성의 매력

이경미 감독의 [잘돼가? 무엇이든]을 이틀 만에 휘리릭 다 읽었다.

제목인 '잘돼가? 무엇이든'은 이경미 감독이 처음 만든 단편 영화의 제목이기도 하다. 이경미 감독이 졸업을 하고 '성공 신화를 이룬 거대 중소기업'에 다니던 시절의 얘기를 각색해서 만든 단편 영화인데 각종 영화제에서 수상을 하는 등 대단한 히트를 기록했다. 아마 이 작품 때문에 박찬욱 감독과 공동 작업을 할 수 있었던 것 같다. 영화감독이니까 당연히 영화 얘기가 많이 나오는데 첫 챕터의 제목이 '실연당하는 게 끔찍할까, 시나리오 쓰는 게 더 끔찍할까'일 정도로 영화 만드는 고충은 사사건건 크다. 그런데 이경미 감독 글의 미덕은 자신의 이야기를 재료로 자조적인 유머를 잘 만들어낸다는 점이다. 그러다 보니 소심하거나 이기적인 성격이 많이 드러나고 연애나 사회생활, 영화, 친구 관계 등 각종 분야에서 발생했던 다양한 실패담이 자주 등장한다.

우선 아름답고 총명한 여성 감독이 쓴 글답지 않게 똥이나 변비 같은 더러운 얘기가 많이 나오고, 고학력 지식인의 처지에 어울리지 않게 점이나 운세를 보는 장면도 자주 나온다. '인생은 마음대로 되지 않는다'가 이 책의 주제인 모양인데 영화 <미쓰 홍당무>와 <비밀은 없다>를 만들면서 있었던 여러 가지 얘기와 <비밀은 없다>를 개봉하고 나서 그 영화 때문에 만난 백인 남성과 결혼을 하게 되는('백인 포비아'가 있었음에도 불구하고) 이야기까지 읽고 나면 '인생은 알 수가 없다' 쪽으로 조금 궤도를 수정하는 듯도 하다.

아무튼 지질한 듯하면서도 공감을 자아내는 글들은 매우 경쾌하면서도 솔직한 면이 있어 어느덧 이경미 감독이라는 캐릭터와 동질감을 느끼게 되는데, 특히 창작에 대한 두려움 때문에 계속해서 꾼 꿈들을 일기로 기록한다든지 대작가의 글을 읽고 절망하는 대목 등이 공감 간다.

창작을 하는 데 있어서 가장 큰 자산은,

습작이 아니라 어떻게 살아왔는가 하는 작가의 삶이다.

(박완서)

아이 씨, 어떡하지.

뒷부분엔 평소 기도를 열심히 하면서 틈만 나면 딸에게 문자 메시지를 보내는 엄마 얘기, KBS <동물의 세계>에서 "짝짓기를 합니다"와 같은 내레이션으로 유명했던 성우 아빠 얘기, 언니와 심하게 싸웠음에도 결국 이 책의 일러스트를 맡아준 여동생 얘기 등이 재미있게 펼쳐진다.

책이 많이 팔렸다는 얘기를 들었다. 솔직하고 유머러스한 글솜씨에 잘난 척하지 않는 마이너한 감성이 독자들을 끌어들였으리라. 책도 예쁘게 나왔다. 추천한다. 서점 가판대에 누워서 '괜찮아, 그냥 너 생긴 대로 살아'라거나 '너무 열심히 살 뻔했는데 안 그래서 다행이야'라고 외치는 설탕물 같은 에세이들보다 열 배는 낫다.

주문을 외워보자, 매일매일이 좋은 날이라고

살다 보면 일이 뜻대로 되지 않는 경우가 너무 많다. 예전엔 그럴 때면 친구들을 전화로 불러내서 코가 삐뚤어지도록 술을 마시곤 했는데 이젠 그렇게 술을 마실 체력도 안 되고 그럴 시간도 없다. 더구나 결혼을 하고 나서는 뭐든 아내와 같이 하다 보니 술보다는 다른 걸 찾게 된다. 그중에 하나가 개봉관에서의 영화 관람이다. 토요일 조조나 일요일 점심 영화를 예약하고 가는 경우가 대부분이지만 한 사람이 먼저 영화를 보고 상대방에게 그 작품을 추천하는 경우도 있다. 키키 키린이 출연한 영화 <일일시호일>이 그런 경우다.

나보다 먼저 이 영화를 본 아내는 "영화가 슬프지는 않지만 눈물이 날 수 있으니 주의하라"면서 손수건을 챙겨 가라고 충고했다. 그러나 막상 영화를 보는 동안 눈물보다는 씁쓸한 미소와 엷은 한숨이 더 자주 나왔다. 아내가 어느 지점에서 눈물을 흘렸는지 거의 다 알 수 있을 것 같았기 때문이다.

딱히 하고 싶은 게 없는 스무 살의 노리코는 무엇 하나 특별하지도 않고 잘 풀리는 인생도 아니다. 사실 그 나이 때는 대부분이 다 그렇지만 노리코의 마음은 답답하기만 하다. 다도 수업을 같이 듣는 사촌 동생 미치코만 해도 취업이든 결혼이든 뭔가 적극적이고 매번 자기보다 앞서 나가는 것 같은데 자신만 맨날 제자리걸음 같다. 그렇다고 매주 배우는 다도에 엄청난 애착이나 재능이 있는 것도 아니다.

학창 시절은 쏜살같이 지나가버리고 인생은 무엇 하나 깔끔하게 떨어지는 게 없다. 글을 쓰며 살고 싶지만 출판사 취직 시험에 떨어져 프리랜스 작가가 되어야 했고, 결혼을 앞둔 남자가 배신한 것을 두 달 전에 알아 파혼을 해야 했다. 그러는 와중에도 다도 수업에는 꼬박꼬박 참석하는 노리코다. 다도를 가르쳐주는 다케다 선생은 계절마다 바뀌는 거실 족자의 글씨들을 읽어주며 그런 노리코의 마음을 조용히 다독여준다. '일

'일시호일日日是好日: 매일매일이 좋은 날'이 무슨 뜻일까 생각하며 다도를 시작했던 노리코는 여러 가지 사건을 겪으며 어릴 때 부모님과 함께 봤던 페데리코 펠리니의 <길>이라는 영화가 왜 좋은 작품인지 비로소 알 수 있을 정도로 성장했지만 그때는 이미 고마운 아빠를 저세상으로 떠나보낸 뒤였다.

'다도는 내용보다 형식이 먼저라는데 난 과연 인생의 내용과 형식 중 어느 것을 선택하려고 이러는 것일까.' 어느덧 다도를 시작한 지 20년이 넘은 노리코는 생각한다. 옛날 사람들이 가장 추운 때를 입춘으로 정한 건 이제 머지않아 봄이 온다는 마음을 가지고 싶기 때문 아닐까. 누구는 좀 일찍 도착하고 누구는 조금 늦게 갈 수도 있는 게 인생 아닐까. 다케다 선생도 말한다. "같이 차를 마셔도 다시 이렇게 똑같이 마실 수 있는 경우는 거의 없으니까 오늘이 인생의 마지막이라는 마음으로 임해 주세요."

그렇다. 자책할 것도 없고 조급해할 것도 없다. 지금에 충실하면 되는 것이다. 비 오는 날에는 빗소리를 듣고 눈 오는 날엔 내리는 눈을 바라본다. 여름에는 찌는 듯한 삼복더위를, 겨울에는 살을 에는 듯한 추위를 온몸으로 받아들인다. 다도는 그런 삶의 방식을 어려운 이론 없이 '몸으로 익힐 때까지 반복해서' 가르쳐준다. 그래서 매일매일이 힘든 날이지만 동시에 매일매일이 좋은 날이기도 한 것이다. 비록 느리고 고단해도 지금처럼 날마다 누군가를 그리워하고 고마워하고 또 따뜻한 마음으로 서로를 바라볼 수만 있다면 인생은 그럭저럭 살 만하지 않겠는가.

다케다 선생 역을 연기한 배우 키키 키린은 <걸어도 걸어도>나 <어느 가족> 같은 고레에다 히로카즈의 영화에서부터 워낙 좋아했지만 유작인 이번 영화에서 늘 다도 교실 안에 앉아 들려주는 그녀의 대사는 한 장면 한 장면이 욕심 없는 할머니의 유언을 듣는 것만 같았고, 그녀의 목소리는 스님의 법문이나 랍비 또는 신부님의 고언을 듣는 것처럼 매번 지혜롭고 다정했다. 여러 번 우려낸 찻물처럼 따뜻하고 정갈한 영화를 보았기에 뿌듯한 저녁이었다. 집으로 돌아오는 길에 전철 안에서 돌아가신 키키 할머니가 내게 이렇게 속삭이는 것 같았다.

"힘들지요? 괜찮아요. 스님들이 좋은 일에나 나쁜 일에나

'나무관세음보살'을 외는 것처럼 여러분도 이제 '매일매일이 좋은 날'이라고 외어보세요. 그럼 좀 나아져요."

미루지 말고 지금 놀자!

미국 뉴욕에 사는 한 사업가가 코스타리카 해변으로 휴
가를 갔다. 해변에서 만난 어부에게서 물고기 몇 마리를 샀는
데 그 맛이 기가 막혀 다음 날 또 사러 갔더니 어부는 오늘 잡
은 물고기는 저녁에 가족들과 함께 먹을 것만 남기고 다 팔았
다며 다음에 오라는 것이었다. 사업가는 어이가 없었다. 이렇
게 맛있는 물고기를 매일 몇 마리만 잡아서 팔고 나머지는 식
구들과 나눠 먹고 말다니. 사업가는 어부에게 말했다. "나와 동
업합시다. 당신은 물고기를 지금보다 더 열심히 잡고 내가 마
케팅을 하면 5년 후 큰 배를 살 수 있고 공장도 세울 수 있습니
다. 원한다면 당신만의 브랜드도 갖게 될 거예요." "그렇게 돈
을 많이 벌어서 뭐 하게요?" "좋잖아요. 억만장자가 되면 멕시

코의 한적한 해변에 별장을 짓고 가족들과 여유로운 생활을 만끽하는 거죠. 배부르면 낮잠을 자고 저녁엔 친구들과 기타를 치면서 노는 겁니다. 생각만 해도 천국 같지 않아요?" "이봐요, 지금 내가 그렇게 살고 있지 않소."

이 글은 티모시 페리스의 [4시간]이라는 책 중 '멕시코 어부의 행복'이라는 우화의 내용이다.

우리는 누구나 저마다의 '소확행'을 꿈꾸지만 거기에 늘 '언젠가'라는 단서가 붙는다. 그런데 정말 언젠가는 그 꿈을 이루게 될까? 퓰리처상을 네 번이나 수상한 미국의 시인 로버트 프로스트는 "하루에 8시간씩 성실하게 일해 봤자 결국에는 사장이 되어 하루 12시간씩 일하게 될 뿐이다"라는 지독한 독설을 남겼다. 아는 CD 한 분이 광고 대행사를 나와 광고 프로덕션에 들어가 일 년 동안 PT를 200개나 하고 진이 다 빠져서 결국 퇴사를 했다는 얘기를 들었다. 프로젝트 하나당 적게는 일주일, 길게는 한 달이 걸리는 PT를 일 년에 200개나 했다면 그는 도대체 어떤 시간을 보냈던 것일까. 아무리 연봉이 높고 지명도가 올라간다고 해도 그렇게 자신의 육체와 영혼을 혹사시키는 건 바람직하지 않은 삶이라는 생각이 들었다.

　그 정도는 아니더라도 허구한 날 남의 회사 걱정하느라 정작 내 일은 늘 놓치고 사는 나도 별다를 바가 없었다. 이러다가 그냥 아무것도 못 하고 내 인생 이대로 끝나는 거 아닐까. 소설가 마루야마 겐지는 [아직 오지 않은 소설가에게]라는 책에서 "회사원이나 되려고 태어난 게 아니라고 생각한다면, 기존 질서에 통합되어 그저 그런 인생을 살고 싶진 않지만 그러면서도 무얼 해야 할지 잘 모르겠다면 소설을 한번 써보는 건 어떻겠냐"라고 독자들에게 묻는다. 나도 회사원이 꿈은 아니었는데 소설가를 꿈꾸지 않더라도 당장 회사를 그만두면 아내와 나는 정말 굶어 죽게 되는 걸까 하는 의문이 일었다.

　글쓰기를 좋아했던 나는 광고 카피 말고 다른 글을 써보고 싶었다. 그런데 회사를 다니면서는 SNS에 올리는 짤막한 메시지 말고 다른 글을 쓰는 건 불가능에 가까웠다. 나는 불확실한 미래의 행복을 위해 현재를 자꾸 희생시키는 짓은 이제 그만해 보자고 아내에게 말했다. 그리고 회사를 그만두었다. 영화배우 모건 프리먼은 50세부터 영화 경력을 시작했다고 한다.

늦었다고 생각한 때가 가장 빠른 때라는 독일 속담도 있다. 당장 생활비에 매달 은행에 내야 하는 이자를 생각하면 겁이 잔뜩 났지만 지금 아니면 영영 이 길을 포기해야 할 것만 같아서 떨리는 손으로 사표를 썼다. 회사를 그만두고 매일 아침 일찍 일어나 책을 읽고 글을 썼다. '성북동 소행성'이라 이름 붙인 우리 집에서 일어나는 소소한 이야기들과 제주도의 별장에 가서 혼자 한 달간 지냈던 이야기, 생각지도 않게 한옥을 사서 수리하고 이사하게 된 이야기들을 그때그때 써서 브런치와 페이스북에 올렸더니 많은 사람이 좋아해 주고 화제도 되었다. 하지만 그렇다고 그 글들이 바로 돈이 되진 않았다.

생각해 보면 성공이란 것은 돈을 버는 것과는 별 상관이 없다. 인간은 음식 없이 40일, 물 없이 3일을 살 수 있지만 의미 없이는 35초를 견디지 못한다고 한다. 회사를 그만두고 그저 편하게 놀 생각이었다면 아내든 나든 며칠을 견디지 못했을 것이다. 책의 제목이 '부부가 둘 다 놀고 있습니다'이지만 사실 우리에게 의미 없이 노는 시간은 거의 없다. 겉으로는 놀고 있는 것처럼 보여도 늘 뭔가 새로운 생각을 하고 기획을 하려 애

쓴다. 그러다 보니 직장에 다니는 사람들보다 오히려 더 바쁠 때도 많다. 하지만 전처럼 힘들지는 않다. 하고 싶은 일을 하기 때문이다.

좋아하는 영화 중 알렉산더 페인의 <사이드 웨이>라는 작품이 있다. 결혼식을 앞두고 와인 여행을 떠난 두 친구가 '옆길'로 새어보고 나니 비로소 자신이 원했던 게 뭔지 알게 된다는 내용이다. 가끔 이 영화를 떠올리면서 어쩌면 그들이 갔던 옆길이 나의 길이 될지도 모르겠다는 생각을 했다. 밤하늘의 별빛은 똑바로 쳐다보는 것보다 옆으로 쳐다볼 때 더 많이 보인다고 하지 않는가?

이 책을 읽은 독자 중 몇 명이라도 앞만 쳐다보고 달려가는 일상에서 벗어나 가끔 곁눈질도 하게 된다면 더 바랄 게 없다는 생각을 하면서 마지막으로 에리히 프롬이 쓴 글을 하나 소개한다. 진짜 삶을 사는 것에 대한 얘기다.

"진짜 삶을 산다는 것은 매일 새롭게 태어날 준비를 하는 것
이다. 태어날 준비는 용기와 믿음을 필요로 한다. 안전을 포
기할 용기, 타인과 달라지겠다는 용기, 고립을 참고 견디겠

다는 용기다."

— 에리히 프롬의 [나는 왜 무기력을 되풀이하는가] 중에서

쉰이 넘은 부부라는 이름의 관계에서 이토록 알콩달콩 유쾌통쾌한 커플을 본 기억이 별로(거의) 없다. '혜자성준'이라는 닉네임으로 불릴 만한 부부다. 자신들의 일상을 기록한 편성준의 글은 어이없게 설득적이다. "글을 잘 쓴다는 건 시나리오 작가처럼 사건을 잘 짠다는 것과는 좀 다른 얘기다. 사건보다 중요한 건 그 모티브를 어떤 태도와 문체로 다루는가이다." 편성준의 표현인데 내가 그의 글을 좋아하는 이유도 비슷하다. 별로 남다를 것도 파란만장할 것도 없는 부부의 일상을 편성준이라는 필터를 통해 새롭게 직조해서 생명을 불어넣고 그래서 읽는 이에게 위안과 힘을 준다. 사람을 개운하게 하는 그의 유머 감각도 좋아하지만 최고는 앞뒤가 똑같은 번호도 아닌데 그의 글과 삶도 앞뒤가 똑같다는 것이다. 고수들이 득시글한 심리 치유의 영역에서 '잘 산다'는 것의 모범 사례가 될 만하다.

넌 왜 아무것도 안 하고 가만히 있니? 누군가에게 퍼부어지는 그런 말을 들을 때마다 답답하고 짜증 난다. 그는 아무것도 안 하는 걸 적극적으로 선택한 사람이다. 수도자가 단지 침묵하기 위해 적극적으로 묵언의 푯말을 목에 걸듯 이유가 있는 것이다. 부부가 혼자 놀면(play) 어떻고 둘이 다 놀면(休) 어떤가. 편성준은 자신들을 포함한 그런 이들에게 그래도 괜찮으니 잘 견디고 버티라고 속삭인다. 자신들의 삶을 '숙달된 조교 앞으로'의 표본으로 삼아 그 독특한 필치로. 으샤, 혜자성준들이여.

이명수(심리 기획자, 작가)

20년 넘게 광고 회사 카피라이터로 경력을 쌓은 편성준의 첫 산문집이다. 술로 만나 인연을 맺고 술로 사랑을 빚는 커플의 술 냄새 진동하는 이야기, 놀고 싶은 남자와 놀 줄 아는 여자가 만나 엉뚱 발랄하게 사는 이야기다. 동거하다 결혼한 아내와 고양이 순자를 모시고 사는 편성준은 농담인 듯 진담을 한다. 평생 놀고먹는 백일몽을 꾸는 카피라이터가 '좀 논다고 굶어 죽을까'라고 묻는다. 대답은 '굶어 죽지 않는다'이다. 그러니 겁먹지 말고, 아등바등 애쓰며 살지 말라는 거다.

원고를 받고 앉은 자리에서 다 읽었다. 시종 유쾌하다. 눈을 뗄 수 없게 재미있다. 유머로 버무려진 문장 속에 인생철학이 반짝인다. 하루에도 열 번씩 회사를 그만두고 싶어 안달하는 당신이 읽으면 딱 좋을 책이다.

장석주(시인, 인문학 저술가)

세속 도시의 고달픔과 정겨움으로 가득한 책이다. 앞뒤 문양이 같은 동전을 던졌다 받는 기분이랄까. 편성준의 문장은 단정하고 분명한데, 뭔가 더 남은 게 없는지 되돌아 읽게 만든다. 편성준과 그의 아내 윤혜자가 이미 툴툴 털고 가버린, 그 텅 빈 자리에 번진 눈물 같은 웃음 한 움큼!

세속 도시의 이야기를 집는 편성준의 손가락들은 예리하고자 하나 무디고 냉정하고자 하나 따뜻하다. 말이 많더라도 딱 그만큼 많고 탈도 역시 많지만 딱 그만큼 어울린다. 사람과 방식과 의미를 바꿔 잘 놀기 위해 지금까지 애써온 그들만의 스타일이다. 꿈은 진짜로 이뤄진다는 따위의 광고 문안을 이젠 만들지도 믿지도 않고, 그날그날 할 수 있는 일을 하며 하고 싶은 짓을 벌인다. 일과 짓이 실패로 끝나더라도 글감은 얻었노라 자랑 아닌 자랑을 하면서, 오늘을 사는 이가 편성준뿐일까.

김탁환(소설가)

부부가 둘 다 놀고 있습니다

초판 1쇄 발행 2020년 10월 30일
초판 9쇄 발행 2024년 3월 18일

지은이 편성준
펴낸이 안지선

기획 윤혜자
디자인 석윤이
일러스트 엄유정
교정 신정진
마케팅 최지연 이유리 김현지 안이슬
제작 투자 타인의취향
제작처 상식문화

펴낸곳 (주)몽스북
출판등록 2018년 10월 22일 제2018-000212호
주소 서울시 강남구 학동로4길15 724
이메일 monsbook33@gmail.com
전화 070-8881-1741
팩스 02-6919-9058

ISBN 979-11-969465-8-6 (03810)
이 도서의 국립중앙도서관 출판도서목록(CIP)은
서지정보유통지원시스템 홈페이지(http://seoji.nl.go.kr)와
국가자료공동목록시스템(http://www.nl.go.kr/kolisnet)에서
확인하실 수 있습니다(CIP 제어번호:CIP2020043987)

mons (주)몽스북은 생활 철학,
미식, 환경, 디자인, 리빙 등 일상의
의미와 라이프스타일의 가치를 담은
창작물을 소개합니다.